The Peasants' Bible
and
The Story of the Tiger

The Peasants' Bible
and
The Story of the Tiger

Dario Fo

Translated from the Italian by
Ron Jenkins

with the assistance of
Stefania Taviano
and Francesca Silvano

GROVE PRESS
New York

Published simultaneously in Canada
Printed in the United States of America

FIRST EDITION

Library of Congress Cataloging-in-Publication Data
Fo, Dario.
[Bibbia dei villani. English]
The Peasants' bible ; and, The story of the tiger /
Dario Fo ; translated from the Italian by Ron Jenkins.
p. cm.
ISBN 0-8021-4069-6
I. Title: Peasants' bible ; and, The story of the tiger.
II. Jenkins, Ronald Scott. III. Fo, Dario. Storia della tigre. English.
IV. Title: Story of the tiger. V. Title.
PQ4866.O2B5313 2004
853'.914—dc22   2004051806

Grove Press
841 Broadway
New York, NY 10003

05 06 07 08   10 9 8 7 6 5 4 3 2 1

Contents

Translator's Introduction:
The Pagan Language of Dario Fo

Dario Fo writes with his body. Before he puts his plays into words he draws pictures that embody the actions of his characters and then he translates those drawings into gestures on the stage. The words emerge as an extension of his physical improvisation. Only then, after the actions have passed through his imagination into his fingers onto a page of colored images and then been physically re-embodied on the stage does Fo actually write down the text with the collaboration of his partner Franca Rame. As a result of this process, Fo's words are imbued with the corporal memory of the gestures, actions, and images that inspired them. His language is muscular, sensual, and pictographic, like pagan hieroglyphs, resonant with a knowledge of primal encounters between the human body and the natural world.

Like a pagan language, Fo's words are encoded with onomatopoeic musical motifs that echo the links between humanity and nature. The roar of the tiger that emerges as a leitmotif in "The Story of the Tiger" is a primal expression of fear, rage, and frustration that links Fo's comic hero to his adopted family of animal saviors. In *The Peasants' Bible* the playful singing of the dung beetle and Eve's description of her passion for Adam are expressed in language that blurs the boundaries between human behavior and natural phenomena like storms, sex, defecation, and the spinning of the Earth. In these fables religion and politics are distilled to their most fundamental elements of compassion, violence, and survival.

The ferocious iconography of Fo's language presents a challenge to readers who enact the stories in their minds and to performers who enact the stories on the stage. The words come to life most vividly if one takes the time to decode the kinetic and musical elements embedded in Fo's texts. Don't skip over the tigers' roars. Growl them out loud and listen to the rhythms of fear and rage that propel the story to its climax. Let yourself roll along a bumpy terrain with the dung beetle and see what the world looks like from underneath a spinning sphere of manure.

The pulsing physicality of Fo's language awakens a primal receptivity in readers and performers who submit to its carnival spirit. When I directed the American premieres of these two plays in Boston and Atlanta I was fortunate to have actors whose corporal and musical virtuosity were perfectly attuned to Fo's gifts. Thomas Derrah, a founding member of the American Repertory Theater embodied Fo's text with a physical and vocal precision that revealed "The Tiger Story" as a savagely comic aria of survival. The Turkish actress, Zishan Ugurlu, who played Helen of Troy in Andrei Serban's *Greek Trilogy,* added the Virgin Mary, Eve, God, and a dung beetle to her impressive list of credits, turning "The Peasants' Bible" into a polyphonic call for an interpretation of Christianity that does not deny Dionysus.

For those encountering Fo's texts without the assistance of virtuosic performers, the stories will unfold in the movie camera of the mind's eye. All the reader has to do is follow the way Fo's pictographic language shapes the story into close-ups, long shots, and jump cuts that bring the characters into intimate contact with the natural world and all its contradictions: vicious tigers who heal and nurture, humble dung beetles who triumph over haughty eagles, and pigs that fly. And once Fo's filmic images start coming into focus, readers can construct their own sound-tracks with all the onomatopoeic squawks, sighs, grunts, and thunder crashes that Fo suggests between the lines. These sounds provide a kind of musical notation that clarifies the emotional and rhythmic structure of the stories. Readers who roar along with the tigers as they turn the pages of this book are re-creating an element of Fo's creative process, which links the power of the words to the voicings of a body in action. Clawing and dung-rolling are optional.

(Ron Jenkins' collaborations with Dario Fo have been supported by a Guggenheim Fellowship and a Sheldon Fellowship from Harvard University. A professor of theater at Wesleyan University, Jenkins is the author of *Artful Laughter: Dario Fo and Franca Rame, Subversive Laughter,* and *Acrobats of the Soul.*

The Peasants' Bible

Two Lovers Entwined
Like Peas in a Pod

In the popular gospels, the peasants' bible, it is always a great surprise to find that our progenitors are not Adam and Eve, but two other characters who take great joy in life and are full of passion. God had second thoughts after creating them. They are two people who were born inside a pea pod and so their story is called "Two lovers entwined like peas in a pod."

On the sixth day, after having created the entire universe, God said: "I want to make two creatures in my own image, like two children."

So right away, without any effort, he fashioned two big eggs, big enough to have come from the ovaries of an elephant. Then he called an eagle to hatch them: "Come here, you big bird . . . sit on them!"

But the huge bird could not cover even the tips of the eggs.

"What am I going to do now? Who will hatch my children? I'll have to take care of it myself!"

So the Heavenly Father lifted his robes up to his belly button, nestled himself gently on top of the eggs, and waited for them to hatch like a great big mother hen. Instinctively he started going: "Cluck, cluck, cluck . . ." And flapping his arms: "Cluck, cluck, cluck . . ."

Nearby there was a baboon who burst out laughing: "The Heavenly Father is hatching his eggs! Ha, ha!"

God flew into a rage and hurled an ass-burning thunderbolt at his rear end. "*Sciaaaa!*" And ever since then, all baboons have had hairless red buttocks.

So, I was saying, the Lord sat on the eggs . . . and generated so much heat that the eggs almost ended up soft-boiled.

All of a sudden, he jumped up: "They're moving! The eggs are starting to hatch!" The Lord wiggled his sacred derriere . . . the eggs broke open and out of each one emerged a creature.

Overcome with emotion, the Lord . . . you have to understand, this was his first hatching . . . tripped while embracing them and fell on the two newborns, almost squashing them into an omelet. "Oh my God" . . . every so often he invoked himself. . . . "What a disaster! I have to fix it."

God picked up the firstborn, a female, and, like a pastry chef, reshaped her form. "Oh, here there are two bumps on her chest. Well, they look good. I'll leave them that way. Down there is a crack, but I don't have time to sew it up . . . after all, she's a female. No one will notice if she has a few flaws."

Then he repaired the male . . . this time with more attention.

"Now where can I put them . . . my poor newborn creatures?" He drew a rounded shape in the air and suddenly a big pea pod appeared. He opened the huge pod, removed the peas, and nestled the newborns comfortably inside, one in each valve.

"My little beauties! Sleep sweetly like that until tomorrow," and off he went into the infinite reaches of creation.

Meanwhile the Devil, jealous to the point of nausea, had been watching this magnificent act of creation. As soon as God the Father was gone, he approached the shell pod, and to avoid being seen . . . because there were angel spies keeping an eye on things . . . he disguised himself as a sheep with two twisted ram's horns on his head. And when he reached the two open valves he kicked the pod closed with violent thud.

Suddenly the male and the female found themselves pressed closely against one another. They were awakened immediately by the cuddling . . . they smelled each other . . . their hearts beat in the dark . . . their tongues tasted each other.

"That's good."

"Delicious."

"And who are you? Are you a pea?"

"Yes. I'm a pea with a peashooter."

"Are you my double . . . do you look like me?"

"No, we're not the same . . . I'm a man!"

"Are we prisoners?"

"Calm down, because as soon as we're ripe this enchanted covering will open on its own."

"I'm not worried at all . . . I like it in here. I feel a great sweetness pressed against me."

"Me too."

For fun they rocked back and forth. They rubbed against each other.

"You're tickling me all over. Hahahaha!"

They shouted and laughed and sighed and purred and panted. *Plaf!* The two valves opened.

"Oh, we're free."

"For pity's sake," said the female. "Close it up again. I'm cold."

And *plop!* It closed with a tug and they found themselves embracing again . . . and then it opened again, and then it closed . . . opened again, closed again. . . . Open, closed. . . .

"This is lots of fun! What do you call this game?"

And the female said with a languid sigh, "I think it's called love."

"*Baaaaaa!*" The Devil dressed as a sheep butted his head on the ground and cursed, "What a screw-up! Me, the Devil, I invented love! *Baaaaaaaa!*"

A big goat nearby was attracted by his bleating and climbed up on his back to mount him.

"*Baaahaaaa!*" The Devil ran off like a thunderbolt and smashed the horns on his head against a rock so violently that they lodged themselves solidly into his skull. So all in one day the Devil had invented love and horned himself for all eternity.

Meanwhile the pod dwellers continued to make love. . . . Open and closed. . . . Open and closed. . . .

Suddenly the Lord reappeared: "What's this? What kind of creatures did I create?" he shouted indignantly. "What kind of lazy life are you living, embracing each other like that all day long . . . open and closed, open and closed! You should be out inventing the wheel . . . discovering fire! I created you as my own children. You are the children of the Lord! Can you stop making love for just a moment, at least while I'm talking!" God's halo was spinning! "Do you know what I'm going to do? I'm going to split you up, separate you from one another. The woman here and the man over there. I'm going to put you on two different continents and you'll never see each other again."

"Don't separate us, God! It would kill us!" they cried through tears of grief.

"What's all that water on your face?" shouted the Lord.

The angels flew away in terror . . . leaving behind them a stream of tears that formed a rounded arc in the sky. . . . And that's the way the first rainbow was born.

Thousands and thousands of years went by, and then I arrived: Eve.

When I was born I found myself all alone in the universe. . . . No one waiting to greet me . . . no one to introduce me to anybody. . . .

No. I have to say it wasn't very polite. What would it have cost him, God, to stick his head out of a cloud and shout: "Attention all animals! Behold, this one I've just created is Eve . . . the first woman in mankind!"

No, I might as well have been the daughter of some miserable whore! No one! Not even my man showed up to throw me a little party.

"There you are! Make the best of it!"

No one to exchange a few words with . . . nothing to do . . . I paced back and forth like a nincompoop. To pass the time I invented names for things. . . . And I thought to myself: Poor me . . . without a mother to tuck me in at night, without a father to wake me up in the morning . . . no memories . . . because I, you know, don't you. . . . I didn't come into the world as a small child, but fully grown, with all the round parts already fleshed out in the front and the back. . . . When I discovered them . . . touching them with my hands . . . I looked at myself . . . behind me I had two . . . buttocks? . . . Yes, buttocks! . . . I think that's a good name for them . . . that's fine. . . . But why did the Creator make me sprout two buttocks on my chest? He must be a real practical joker, this Creator!

The Creator?! It's hard to imagine that there must have been a sacred fabricator of all these things!

And this story for the gullible, that I was born from a rib pulled out of Adam's chest? Are we out of our minds? Because when I was pressed up against Adam . . . after I met him . . . and we got to know each other . . . I felt his stomach, his bones . . . and I counted them. . . . He had eight ribs here and eight ribs there . . . just like me!

Now, you want me to believe that the first man was created with a row of nine ribs on one side and eight on the other? A poor cripple . . . hunched over, all crooked like this?

Let's not be ridiculous!

(*Shouting to the sky*) "Creaaaaator?" I shouted. "I'm tired of being alone . . . all I see are lions, elephants, and frogs, who don't have much to say. . . . Where is my man?"

Immediately he was there in front of me. . . . It was like a bolt of lightning! It was him, my man! The one who had been designated for me!

What a beautiful animal!

He was a little surprised to see me . . . his eyes open wide. . . . He inspected me all over without saying a word. All of a sudden he stretched out his arms and with two hands squeezed both my tits. Like this: *Prot! Prot!*

"Hey, that's rude!" And I gave him a slap on his snout!

But then I thought that this tasting with both hands might be some kind of human ritual . . . who knows . . . a form of greeting . . . but he didn't have tits like mine on his chest . . . he just had two little round balls hanging down between his thighs.

I stretched out my hands . . . "Pleased to meet you!" and squeezed them: *Prot! Prot!*

"Ahhhhhhhh!" He let out a shout like a skewered lion . . . and ran away.

I didn't see him for quite some time after that!

A few days later I was startled by something frightening.

I saw blood flowing out of the crevice where he, the man, had his swinging balls.

It was like getting a bloody nose from a sneeze. . . . "God!" I said. "I have two noses. One here and one there." I was desperate! "All the blood is draining out of me!" I shouted.

"Don't worry . . . it's nothing . . . it's natural!"

"Whose voice is that?"

I look . . . from inside a cave there appears a female creature, a big fat human with two huge tits like this . . . a giant swollen belly . . . a sow!

"And who are you?"

"I am the Mother!"

"What Mother?"

"The Great Mother of all creation."

"No! You're lying. The only true Creator is the one who is always peeking out of the clouds with one eye . . . huge, framed in a triangle . . . like some kind of celestial voyeur."

"Yes, it's true . . . he is the only Holy Creator, but I am the one who gives milk to the earth that makes springtime blossom . . . trees flower . . . and fruit ripen."

"Then why do you stay hidden in that hole?"

"Because he, God, doesn't want it to get around . . . we are the divinities of another religion . . . we've been driven away. To me, he turns a blind eye, because he has no choice . . . he can't give milk . . . he doesn't have big tits like me . . . it's an embarrassment . . . but I can't let myself be seen by anyone."

"And were other divinities driven away?"

"Yes . . . there's my son, an unfortunate fool who goes around piercing creatures with arrows that make them fall in love."

"Piercing? How?"

"With a gadget that shoots arrows. It's called a bow. . . . *Zam!* He can shoot anyone . . . *zach!* And they fall in love with whoever is nearby. . . . But he is licentious and shoots his arrows randomly, so that whatever happens, happens. He once shot an angel who fell madly in love with a camel, and a donkey who fell in love with a lion and got her pregnant . . . and then there was the holy virgin who went crazy over a beetle. Be careful he doesn't aim one at you."

"Oh, what fairy tales you tell, Great Mother . . . you must be a wonderful weaver of silly stories! So tell me about my bleeding. What is that?"

"It is a sign of your temporary impurity."

"Impurity? What kind of nonsense is that?"

"I don't make the rules, but that's what your religion says."

"What rules?"

"The ones that say that a woman menstruating . . . that's what it's called . . . like you, should not crack an egg, not even for . . . for mayonnaise, because it will cause madness. During these days of punishment she should not touch flowers because they will wilt . . . or wine because it will turn to acid! She should not touch a woman who has recently given birth, because she will become anxious, or touch a child, because it will come down with an awful case of the mange, or a man, because he will be infected with scabies!"

"But is it true?"

"No, it's just a cock-and-bull story that they circulate to perpetuate ignorance, humiliate women, and keep us in the shit. And the same goes for the story about the apple and Pandora's box and the witches who are half fish and half bird. It's all a way of saying that we're nothing but a bunch of whores."

At that moment a flash of light appeared and the fat Mother crouched down: "It's him, your Lord! For pity's sake, don't tell him that I spoke to you . . . if he finds out, he'll burn me with lightning! Good-bye." And she disappeared.

Later I met Adam again . . . he watched me from a distance . . . and he put his hands here! (*She points to her genitals.*) We were always together. Inseparable . . . we laughed, we played. . . . Then one day . . . everything changed . . . I don't know what got into him . . . but he became obsessed with the idea of the

Devil. . . . I didn't know who this Devil was and he didn't understand it either.

In the sky . . . a flying creature with outstretched wings hovered over us like a big buzzard and shouted, "Fear the Demon-Devil who dwells inside every creature, disguised as beauty! Once you recognize it, throw it immediately back into its hell as punishment."

And *vroom, vroom, vroom* . . . it was gone . . . disappeared!

It made Adam nervous! "Hey . . . is that any way to deliver a message? Come back you big chicken . . . can't you stick around for a minute and give us some kind of explanation?"

All distraught, he shouted at me: "Eve! Eve . . . who is this Demon-Devil?"

"Adam, you don't have to shout, because we are the only ones in the world and I can hear you just fine! It must be someone who is opposed to the Lord."

"And where does it live, Eve?"

"He says that it dwells inside every creature . . . disguised as beauty. . . ."

"Eve, that means it might even be living inside me!" he said.

"Well," I said to calm him down a little. "It could just as easily be hiding somewhere inside of me!"

"Yes, Eve. It's more likely that he is inside of you, this Demon-Devil . . . disguised as beauty. . . ."

Me! I could be the Demon disguised as beauty! My skin became so blazing red that I almost fainted!

Beautiful! So he thinks I'm beautiful!

I could have hugged him. I could have jumped on his neck and shouted: "Yes, I am the Demon-Devil and I'm going to drag you to hell!"

Hell? That's right . . . what is hell?

A place.

But what kind of place?

Maybe it's a bottomless pit, a prison into which this Devil is thrown for punishment.

God, what a mess this big chicken made! This simpleton, my Adam, now sees the Devil everywhere, and worst of all, he takes it out on me. We're playing in our lair . . . like two little kids rolling around in each other's arms in the grass . . . when all of a sudden he lifts me up in his arms . . . and drops me just like that . . . he has thrown me out of the lair! He's kicked me out of the cave!

"Go away!" he shouts at me. "Get out of here! Get out! Go back to your hell!" And then he locks himself in the cave, blocking the entrance with logs.

"Have you gone crazy? Stop acting like a madman . . . I'm not the Devil, I swear it!"

I tried to get in . . . I begged him. Nothing! The entrance was barricaded.

"Adam, don't leave me alone . . . It's getting dark . . . I don't know how to sleep alone! I'm scared."

Nothing. He didn't say a word.

I huddled up close to the wall of our lair . . . I waited . . . meanwhile I felt something that slowly rose up from here . . . and choked my throat . . . what could it be . . . what is it?

"Sadness" . . .

It was the first time I had felt "sadness."

I tried to cry a little . . . hoping it would console me. But tears wouldn't come. . . . A dull depression was growing inside me, eating away at my heart.

The moon disappeared . . . the night got darker . . . you couldn't even see the stars anymore . . . suddenly a bolt of lightning lit the sky. . . . Thunder! It's raining . . . pouring . . . I was so desperate that I didn't even try to run for shelter.

Another lightning bolt. Bits of ice are coming down. What is that? I begin to shiver from the cold. I can't feel my hands . . . my legs. I moan . . . "*Ohoooo,*" I moan.

The barricade moves.

He's made a decision at last.

The man appears.

Oh, God, I feel awful. . . . He lifts me up . . . he carries me into the lair . . . he rubs me with dried leaves . . . he rubs me everywhere. He calls me. . . . "Eve . . ." I can't respond. Even my tongue is frozen.

He calls me, shouting, "Eve! Eve!" What a beautiful name I have in his mouth.

Overwhelmed, he embraces me. He squeezes me. He blows on my face . . . he licks my forehead. He cries.

The man cries!

Slowly his warmth begins to revive me. I succeed with great difficulty in moving my fingers and arms. I hug him back.

I feel something pressing against my stomach.

"Holy God, Adam, what's that? Is it alive?"

Adam pulls away a little. "I don't know," he answers, embarrassed. "It happened yesterday too . . . and just now . . . when I lifted you in my arms while we were playing . . . that's why I threw you out."

"But what do I have to do with that appendage of yours that pops out of you and comes to life?"

"Eve, it only pops out when you are around . . . especially when you laugh . . . and when I smell you."

"It's curious about laughter and odors. Maybe it's an infection, a sickness? I don't know, some kind of diseased growth with a sense of humor?"

"No, it doesn't hurt. On the contrary! . . . But it agitates me. . . . It generates a lot of heat, even on its head."

"Heat on its head? That's not a natural phenomenon. Adam, do you think it could be the Devil?"

"Yes, I think so, Eve . . . I think that this is the Devil himself . . . disguised as beauty!"

"Well, let's not get carried away. . . . It doesn't look so beautiful to me. It doesn't even have any eyes."

"That's because the Devil is blind!"

"Then how does he get all puffed up for me, if he can't see me?"

"It must mean that love is blind."

"Love? Where did you come up with that word, Adam? I never heard it before: *love!*"

"I don't know . . . it just came to me . . . all of a sudden it's there on my lips . . . *love* . . . when I'm struck by this desire to hug you . . . to roll around with you. I feel like shouting: Love!"

"Me too . . . it happened this morning. Should we try to hold each other again?"

And so we found new ways to embrace each other in an entanglement of playful caresses.

"That Devil is pressing against me again! Where do you think it's trying to get to?"

"Leave it alone, Eve . . . I want to see where it's heading. . . ."

"God! It wants to stick itself in down there! . . . It's squeezing in . . . I can't breathe. . . ."

"I don't mean to insult you, Eve," gasped Adam with difficulty, "but I could swear that . . . hidden inside you . . . is hell. . . ."

I went pale.

"I think, Adam, that I know exactly where that place is, because I feel that hellfire inside me!"

"We should obey God's angel, who told me, 'As soon as you recognize this Devil, throw him back into hell as punishment.' Let's punish this Devil. Let's punish him!"

Outside the sky lit up with lightning bolts . . . gusts of wind came down from all directions and twisted the trees into shapes that resembled the way we were embracing each other as we sighed. . . . Bubbling torrents of water rushed to the sea. The animals were hushed by the storm. . . . Only we two sighed to each other in moaning whispers.

God! God! If Adam's Devil can find as much rapturous pleasure inside my hell as I am feeling, then he must be going crazy with joy. I'm all flustered . . . I can't explain the topsy-turvy . . . flip-flopping . . . crisscrossing . . . delirium. . . . What an idea you had, Lord God, to bestow on him, Adam, the Devil, and on me the hellfire inside! What an extraordinary miracle you have created, my Lord. . . . You *are* a Heavenly Father! Oh, Hallelujah, Lord! Hallelujah! And also, amen!

The Shepherds' Cantata

The piece that I'll present for you now is one that I have never per-
formed. It is part of the so-called Shepherds' Cantata, a historical
genre of popular theater that was performed regularly in the region
of Naples.

The language that I use is drawn not only from the dialect of
Naples, but also from the mountains of Vesuvius and all over
Campania. It is a language which, to tell the truth, is slightly in-
vented. People who actually come from Naples try to follow the story
and get completely lost. So the people sitting next to them, who don't
know a word of the dialect from Naples, have to explain what's going
on. . . . It is the triumph of ignorance!

Born during the sixteenth or seventeenth century, this type of the-
ater was prohibited by the Church, which judged it to be obscene and
even blasphemous. The church authorities were conservative and re-
actionary. They didn't appreciate the extraordinary poetry and love
expressed in the religious feelings of these stories.

The two central characters, Razzullo and Sarchiapone, are
classic characters like Harlequin and Brighella. They are super-
Pulcinellas, two dimwits who get by however they can, pilfering and
swindling. They don't do anything all day. They have no profes-
sions, so they try a little of everything. They are fun-lovers and some-
times cynics as well.

The key character in this "cantata" is the Madonna, who is
identified as the Madonna of Carmine, to whom was dedicated

the famous sanctuary at the foot of Mount Vesuvius: a sacred and much-visited place of pilgrimage. The image of the Madonna is important: completely covered with necklaces, gold, and even, during the processions, garlanded with money . . . banknotes of a hundred thousand lira . . . a few checks . . . hopefully they won't bounce.

Hundreds of years ago a tremendous earthquake ravaged the Sanctuary of the Madonna of Carmine in Naples, toppling its walls and shattering the sacred statue of the Madonna to dust.

The faithful, out of their minds with grief, were shouting: "We've lost our Madonna! How can we ever find another statue to perform miracles for us like she did?"

They beat their chests and scratched their eyes.

The Madonna, who being a phenomenon has very sharp ears, heard their lament and, because she was kindhearted, set out across the sea for a trip to Naples. . . . After two or three days she passed Vesuvius and arrived at the sanctuary of Carmine in the dead of night. The door had been ripped off its hinges by the earthquake, and no one was inside. The Madonna saw the crumbling walls and said, "It's probably best for me to take refuge inside that niche . . . it will be safer there." So she nestled in for the night, but as tired as she was, she slept standing, like a statue.

The next morning, a little before sunrise, the faithful arrived at the church. "It's a miracle! The Madonna has come back to us! Another statue has been born!"

"Don't make so much noise, for pity's sake. All the racket will shake up the walls and pillars, and everything will fall down on our heads."

So very slowly, while the Virgin was still sleeping on her feet, they covered her with all the necklaces and gold that had been saved. A vision of splendor!

Then, without making any noise they left the sanctuary to spread the news about the new statue and make preparations for a procession.

When the word got out, the fanatics showed up and *PIM! PARAPAM!* They set off fireworks, popping off all over the place: *PATAPON! PAM!*

"*Aaah!*" said the Madonna, awakened by all the racket. "What is it? Another earthquake?" She hurried out of the empty sacristy.

When she got outside the Lord appeared over Vesuvius in a rage. "Mary, what are you doing in this place? And what are you dressed up for . . . with all those necklaces?"

"I don't know, Lord . . . I think the faithful dressed me up this way: like the Madonna of Carmine!"

"But what are you doing here in Naples? Mary, you should be in Nazareth!"

"In Nazareth? What for, Lord?"

"Holy Mother! Any day now you're going to give birth to your son the Savior!"

"Oh, what a miserable scatterbrain I am! I forgot. Holy Father, forgive me!"

"You want to give birth to our Savior here in Naples? How can he preach the word of God around here? You want him to sing? (*He sings in Grammelot to the tune of "Volare" or some other popular Italian song*) 'Come with me . . . wo-oh . . . to heaven . . . wo-oh-oh-oh. . . . If you repent all your sins . . . Saint Pete will let you all in. . . . ' No! We can't let that happen!"

"You're right, Lord!"

"Well, what are you waiting for, my daughter. Get going!"

"Yes, Lord. Yes! I'm going right away!"

VUUOHOOO! The Lord disappears into the crater. The Madonna goes down to the seashore at Santa Lucia. On the pier where the boats were docked sat two good-for-nothings: Sarchiapone and Razzullo, two hungry bums always looking for an opportunity to get something for nothing.

They saw the Madonna and said: "Look at how that one's decked out! Take a gander at those gold necklaces! Who does she think she is, the Madonna of Carmine?"

"She must be a gypsy . . . going around trying to cheat poor gullible people out of their money."

From a distance the Madonna said: "Good men, could you do me a favor?"

"Careful. That's how the swindle starts!"

"Greetings, ma'am. What can we do for you?"

"I have to make a crossing."

"A crossing to where?"

"To Palestine. Do you know how to get to Palestine?"

"Ha . . . ha. . . . You're asking us if we know how to get to Palestrina! We were practically born in Palestrina!"

"Oh, I'm so glad! And could you take me there?"

"With pleasure!"

"And how much would you like for your trouble?"

"Don't worry," answered Razzullo. "We'll work something out later."

Sarchiapone gave his companion a slap: "What are you doing? Are you crazy?"

"Take it easy. Don't say a word. I'll take care of everything!"

The Madonna asked, "And which boat will we be going in?"

"Any one you want, ma'am. Take your pick. They're all ours!"

Sarchiapone shoved his companion: "Shame on you! If the fishermen find out, they'll drown you."

"Holy Mother of God, will you just let me take care of this?"

"What's that you said? . . . Were you talking to me?"

"Have a seat in this boat, ma'am. It's the best one. That's it. Give me your hand and I'll help you down. Sarchiapone, get in the prow and help the lady aboard!"

The Madonna stepped down into the boat. "I'm very fortunate to have run into you good Christians."

"Ma'am, you couldn't have met any better!"

"People are always looking for us . . . they hunt us down to the ends of the earth! Untie the boat, Sarchiapone!"

They took the oars and started paddling every which way . . . the boat wobbled . . . one oar flew up in the air. Razzullo got smacked on the head.

"Mother of God! What are you doing?"

"Me?" said the Virgin. "I haven't moved. I'm just sitting here quietly, not even breathing!"

The two of them stuck the oars into the water and started rowing in opposite directions: one forward and one backward. The boat spun around and around.

"Gentlemen, are you sure this is the right way to row?"

"Ma'am, we are sailors from Mergellina and in Mergellina that's the way they row. It's called the 'roundabout way of getting there.' You spin around and around. . . . And then you get there . . . a little dizzy . . . but you get there!"

"That's fine . . . it's just that my head is spinning round about as well . . . I think I'm going to throw up! You wouldn't by any chance happen to have a slice of lemon?"

"Lemon? Right away!"

Razzullo took a smelly piece of lemon out of his pocket. "Have some!"

"It's actually a little filthy!"

"That's the way they grow them . . . they're called 'filthy delicious.' Try it!"

"Thanks. I think I'm over it."

Finally the two scoundrels figured out how the oars worked. The boat pulled away from the port.

Rowing, Sarchiapone askes: "So how do you plan to get us paid for our pains?"

"Don't talk! She'll hear you! Sing!"

(*Singing*) "So how do you plan to get us paid for our pains?"

(*Razzullo, also singing*) "Don't worry. As soon as we get to the other side of the Gulf, we'll let the lady off: 'Yes, make yourself comfortable . . . we've arrived in Palestrina!' . . . And *ZACH!* We tear off all her necklaces and leave, escaping into the night like good little thieves."

"Ha . . . ha . . . . It's our lucky day!"

Suddenly a wild wind started blowing and the boat was thrust out into the open sea.

"Jesus! Where are we? I can't see the shore anymore. . . . Where have we ended up?"

The waves rose up like mountains. Each breaker hurled the boat into a tilt . . . it went up . . . it came down . . . it was taking in water . . . the oars fell overboard and sank into the sea. "Help! We're sinking! Oh, God, help us!" The two stinkers threw themselves onto their knees and looked to the sky. "Holy Mother of God, help! Save us from this tidal wave!"

And the Madonna, sitting in the stern, said, "Good children, I'll see what I can do!"

"Ma'am," the two hopeless wretches turned to her. "What are you saying? You should be quiet and think about praying yourself!"

"You're right. I will also pray to the Heavenly Father."

"Forget about the Heavenly Father. He's always too busy. Pray to the Madonna who is much nicer."

"Thank you for having so much faith in her."

Razzullo was indignant. "What kind of blasphemy is this? Why? Don't you have any faith? These foreigners are all anti-Christian!"

VUOHV! VUUH! SCIACCH! The waves were getting bigger. The two stinkers buried their faces in their hands and prayed. The Madonna took off her robe and, holding the two hems in her hand, threw it into the air. The wind lifted it up and it billowed like a big sail . . . and the boat rose up over the waves.

"Look! We're up in the air!" shouted Sarchiapone. "We're flying over the sea! It's a miracle!"

Down on their knees like sheep, they didn't even notice the sailing cloak that was holding them up.

"Oh, Blessed Mother, you've saved us!"

"No, don't thank me. Thank the child I have in my belly!"

The two of them turned and looked at the Madonna in astonishment: "What are you blathering about, ma'am?! What kind of blasphemy is that? The fear must have driven her out of her mind!"

Magically, the wind died down and the boat floated tranquilly on the sea. Then all of a sudden a ship full of Saracen pirates appeared.

"What's this? Well, maybe it's a coincidence, but ever since we met this gypsy we've been running into a lot of lousy luck."

Before they knew it, all three of them were taken prisoner by the infidel Turks. The captain took the two of them aside and asked, "Who is this woman you've got with you?"

"She's a gypsy we picked up in Piedigrotta. If you like her, we can make a deal . . . we'll give you a good price and throw in the rings and necklaces at no extra charge."

"Take these two dirty rats," ordered the commander, "and cut off their heads!"

"But why?"

"Because you're heartless! Free that lady, who must surely be a queen . . . and as for them—*ZACH!* Chop! Chop! And be thankful I don't crucify you!"

The two desperate seamen got down on their knees again. . . . Two blades hovered over their heads. "Holy Mother of God, help us! Save us!"

But the blades fell too quickly. Their two heads rolled onto the ground.

But then . . . a miracle! Sarchiapone and Razzullo, still decapitated . . . came back to life . . . and started chasing their rolling heads. Razzullo grabbed the first head that fell into his hands and stuck it onto his neck, and Sarchiapone did the same. But they got them mixed up . . . each had put on the head of the other. They looked at each other eye to eye. Sarchiapone shouted, "Mother of God! What is my face doing on your head?"

And Razzullo cried, "We scrambled our faces!"

In the face of this portentous miracle, the terrified Saracens threw them all into the sea. The sail took them to the port of Palestine. The Madonna got off, and so did the two miserable wretches with the scrambled heads.

"We have to leave each other now," said the Madonna. "Good-bye! It's been a pleasure."

Razzullo and Sarchiapone were alone and a little depressed. They started walking without knowing where to go.

They came to an abandoned pigsty.

"Let's stop here."

Just at that moment some shepherds passed by, each carrying a pile of gifts: mozzarella, eggs, baby goats, focaccia . . .

"Where are you going with all these presents?"

"To the next farmhouse, to the manger where the baby Savior was born!"

They left and others arrived, a procession of people with gifts.

Quick as lightning, Razzullo was struck by a brilliant idea, a masterpiece. "Why don't we make our own little manger scene?"

"Not bad. But how can we pull it off?"

"I already took a look inside that manger over there. There's a few pieces of women's clothing and even a cradle for the Savior."

"And where are we going to find a newborn child?"

"We'll steal a baby lamb . . . look, there's a little lost one over there in the field."

"Grab it! Meanwhile I'll dress myself as a female mother, and you can be the blessed Joseph."

No sooner said than done. In half an hour they had a manger scene all ready. Shepherds came. Some of them fell for it and got down on their knees in front of Razzullo dressed as the Madonna. The lamb was in diapers like a baby. Presents were left. Sarchiapone took them all.

Then all of a sudden, the cops showed up. There were shouts, curses. People were running in all directions. The soldiers grabbed the lamb in swaddling clothes and butchered it in a bath of blood. Then they stole all the shepherds' gifts and left.

Razzullo and Sarchiapone cried in desperation.

Just then the Madonna happened to pass riding a donkey with her baby and Saint Joseph. "Good men, why are you crying?"

"Oh, gypsy lady . . . the cops stole everything we had and killed our little baby lamb!"

The Madonna took a pile of gifts off the back of the donkey. "Take these. We have too many. We can't carry them all!"

"Oh, thank you, ma'am!" And the holy family continued walking, until they disappeared in the distance.

"What a nice lady!" said Razzullo. "She is the first gypsy I ever met who, instead of asking for a handout . . . gives you one!"

"No, she's no gypsy, that one! We should have figured it out right away! Think about it. It's Christmastime. Here we are in Palestrina. First the lady has all these necklaces. Then she comes back and they're gone. But instead, she shows up on a donkey with a baby and an old man helping her to carry a whole bunch of presents! And just a little while ago the cops were here . . . looking for her! She's no gypsy . . . she's a smuggler!"

The Presumptuous Pig

When the Heavenly Father created the pig he said, "All right, let's hope I didn't pull a porker."

The pig was blessedly happy with his place in the world. The hog, swine, or pig, sometimes known as a boar, was satisfied and happy to have so many names. He spent all day with his mate, wallowing contentedly in manure, in shit, in the muck of his own excrement. He splashed around, grunting happily, making belly flops as he sang and laughed. Not only did he splash around in his own shit, but in the shit of the other animals as well, because, as he said, "The more it stinks, the better the quality!"

When they made love—bang-bang—it was a scandalous obscenity. Their squeals of pleasure sounded as if they were butchering each other!

Spurts and sprays of shit kept shooting up to the sky, as if the sound and stink of a sewer had burst open, until one day the Heavenly Father stuck his head out of a cloud. . . . Phew . . . he got hit with a spritz that nearly soaked him all over! (*Mimes the Heavenly Father appearing indignantly from out of the clouds*) "Yow! What's going on?! Hey, pork belly! You know you really are a pig! Aren't you embarrassed to be wallowing around like that? It's so vulgar. Bang-bang—make love. You and your mate are the most disgusting lowlifes in all creation!"

"But, Heavenly Father," stuttered the pig with a grunt, "you were the one who created me with this joyful obsession for splashing around in the muck of the manure. We would never have thought of it on our own."

"All right, but you're getting carried away! It's rude enough that you get so much pleasure from making love in excrement, but spritzing in the shit isn't enough for you, is it? You have to go singing 'Glory to God!' Fine . . . in any case, if you are happy and content under these conditions, just enjoy yourselves."

"No, actually, Lord, not to be ungrateful or offend you in any way, but I'm not so satisfied with my condition."

"What do you want? Should I take the stink out of the shit?"

"No, that would be like removing the soul from a Christian!"

"So what do you want?"

"I want wings!"

"Wings?!"

"Yes, for flying!"

(*Laughs*) "Hahaha! You're out of your mind! Think about it . . . you flying? A flying pig spreading stench and shit all over creation! With the animals below shouting, 'What kind of natural disaster is this?!'"

"No, it wouldn't be spreading manure. It would be spreading a wonderful fertilizer all over . . . spreading health and abundance, for the flowers, fruits, and grains."

"Oh! You've got quite a head on your shoulders, porker. I wouldn't have thought of that one . . . dung as fertilizer! Bravo! You've convinced me! I'll give you wings."

"Thank God!"

"But only to you, the boar . . . for the female, nothing! She walks!"

The female started crying uncontrollably. "There, I knew it . . . we women always get the worst of it! They told me all about you, God . . . that you were a little misogynist!"

"Be quiet, woman, and stay in your shit! That's enough! As for you, boar, if you really want to take your woman to the sky, you can do it: Just hold on to her tightly and fly her away."

"No, I can't, Lord. It's impossible. My arms are too short. . . . We're big. . . . We have bellies that never end. As soon as we grab each other in an embrace, with that shit all over us . . . instead of flying off with me, my sow will slide out of my hands and slip away. . . . *Puhamm* . . . she falls . . . she smashes into the ground, and I'm left without a woman!"

"*Eheee,* did you think I was going to give you wings before I came up with a solution for that?"

"What solution?"

"Take a look, I made your wanger all curly on purpose, like a corkscrew . . . you embrace your woman and thrust it deep inside her. Hooked together in love you can fly her away with no hands! You don't have to hold on!"

"Thank God! I didn't think of that!"

"Good, get down on your knees while I make this marvelous miracle!"

The Lord looked up at the sky, made a sign with his blessed hand, and . . . *sfrum, sfram* . . . the pig sprouted magnificent silver wings! The female hugged him and said, "Oh, the angel of pigs has been born!"

God said: "Stop! Not so fast. There's a condition. Be careful. The wings are attached with wax!"

"With wax?" said the pig. "Like Icarus?"

"Yes, you guessed it. But what do you know about Icarus?"

"Don't forget that we pigs were in all of Aesop's fables!"

"Oh, we have a classical pig! Who would have imagined it! So you know very well what happened to Icarus when he flew too close to the sun, that his wings melted and he plunged to the ground in total destruction! That could happen to you too. So be careful."

"Yes, okay!"

And God flew away.

The pig and his mate stood there a moment. The pig tried to fly (*mimes the tentative flight of the pig*), took one spin and then another: "I like it!"

"Stop, wait, embrace me, penetrate me!"

Proock . . . Svrip, svop, svuom . . . they flew into the clouds.

The female shouted: "How wonderful! I feel like I'm in heaven!"

"Heaven? You're right. Let's go to heaven, you and me."

"No. We can't. Don't forget what God said . . . about the sun. . . ."

"But we don't have to go near the sun! We can wait until sunset and go at night, when it's dark."

"You really do have a head on your shoulders! But how can we get a running start for the climb when we're holding on to each other like this?"

"All we need is a little slide."

"What do you mean, a slide?"

"First we give ourselves a rubdown . . . anointing our skin all over with dung and fat. Let's do it. Like that. Here. Come on, come on, come on. Let's go to the big slope on that mountain and slide down into the valley. Go, go, go. . . . Hold me. Come on. Careful while I spread my wings!" *Puhaa!* "*Ieheee!*"

Up, up, up. A wonderful gust of wind comes down and lifts them from underneath. They pass the moon and arrive in heaven.

As soon as they get to heaven . . . oh, God . . . God of wonders! The female almost fainted . . . there were all kinds of fruits! There were peaches! There were cherries! Big ones, big ones . . .

ohhh, very big ones! Big enough, it seemed, for the two of them embracing each other to get inside and splash around in the pulp.

"Look at this. It's like a cupola in a cathedral. How wonderful! Let's go in."

Puhaa! They go inside. They wallow around. They squeeze each other. They make love. They shout.

Meanwhile, at this very moment, nearby, all the saints and angels in heaven are singing praises to the Lord.

(*One of them executes a liturgical chant that goes off-key into falsetto.*) "Ohh! What a stink! (*Looks around, still singing*) What an awful stench!"

"Who's singing out of key?"

The Heavenly Father arrives. "What a horrible stink. Who farted?"

They all turn around and look at one another, and then the Heavenly Father says: "Oh, I know very well who's responsible for this sewer stench! It's the stink of that hog porker who has come here to heaven and burrowed himself into our fruit! Sound the alarm! Saints and holy ones, catch me that pig and his mate! Whichever one of you saints manages to grab him, I'll make you a halo as big as a cupola! Go!"

The angels sounded their trumpets: *tatatatatatatata!* They started running all over the place. It looked like a deer hunt!

And suddenly it was the female who shouted: "Let's go. We've got to escape. Let's throw ourselves down to earth."

They embraced each other and with narrowed wings fell into a nosedive: "*Uuuuuahaaa!*"

"Open your wings now . . . we've passed the moon!" *Puuuhaaa!* The wings opened . . . a few feathers flew off . . . but they held. . . . They held. . . . They held!

"We're saved. The sun's not out anymore. It's not out *anymoooooooore!*"

Praamm! The sun wasn't out, but Heavenly Father popped out from a cloud. (*Snickering*) "*Ahhaaaa,* you porker! Who do you think you are? Sun! Come out!"

"No, Father, that's not fair! It's not in the rules. It's unnatural. . . . It will throw all creation out of balance!"

"I am the balance of creation! I make the rules, and I can make the sun come out whenever I feel like it!"

Wuuoommm! The sun came out.

"Burn his wings!" ordered God.

Bruuuhaaaa. . . . A lightning bolt hit the pig's wings. They burned. They boiled. They were cooked! All the plumage was gone. Not a feather was left. The pig was left with nothing; like a plucked chicken . . . he fell. "*Uuuhaaaaa!* We're *craaaaaaaaaaashing!*"

Wonder of wonders! They splattered into a deep trough of mud, muck, and shit. . . . *Pruuahaaa! Pruuummm!* A fountain of shit spurted high into the sky.

The Heavenly Father was peeking out to watch over the fall of the pig and had to get out of the way in a hurry to avoid a drenching.

Pruuhammmm. . . . Proooooofffff. . . . Puhaaa. Sciafffrrrr. . . . Vuuaaaaa. Ploploplo. . . . Plo. . . . Glo. . . . Glogloglo ff.

The pig came out of the trough: *glogloglo. . . .* His nose was squashed flat with two holes, and that's the way they have stayed for all eternity. . . . Flattened as a punishment for that flight. . . .

The male pig cried and cried. "God, what an awful punishment you have given me! My wonderful wings! I'll never go to heaven again!"

His mate grabbed him and pulled him into the shit. "Come on, you beautiful pig! Come with me. Hug me and be happy, because everyone has his own heaven."

Hats and Caps

The Heavenly Father, after all the troubles he endured in the course of creating the world, the animals, and mankind—not to mention the eviction from the Garden of Eden and a host of other problems—was dead tired. So he went off to take a rest.

The Lord was getting old . . . the years were passing for him too, even though he is eternal.

One afternoon, he was lying down tranquilly in a blessed state of sleep, when *TRABULA! BOAN! PAM!* An infernal racket of banging and crashing woke him up with a start. "Oh, God! What's going on?"

There were curses, wild shouting, and all kinds of insults. A tremendous din shook the sky and all the clouds.

"Peter, Peeeeeter!" roared the booming voice of the Lord. "What is this pandemonium? What are those angels and archangels doing? Who gave them permission to play with my thunderbolts and set off a storm? And didn't I give orders that the archangels should stop playing cards and shooting craps with the saints because they always argue and end up in a cathouse brawl? What kind of heaven is this? Let me sleep, for God's sake!"

"No, Blessed Father! It's not the people in heaven making all this ruckus. It's the inhabitants of the earth, still screwing things up."

"The earth? What's the earth? Who are these screwballs?"

Well, you've probably guessed it by now. The Heavenly Father was getting pretty old and a little absentminded . . . almost senile.

With patience, Peter said, "Father, you created mankind, starting with Adam and Eve!"

"Oh, yes! Now I remember! Adam . . . with the mud . . . I shaped him out of a lump of clay. I put a round head on top like this . . . and then two holes for the eyes and two round balls inside them, and a bump for the nose . . . and two little holes for the nostrils, and two other holes for the ears . . . one for the mouth, like this. . . . (*As if speaking to Adam*) Don't bite off more than you can chew with these teeth. And here I'll make your neck and shoulders . . . down to the arms and elbows . . . and I'll make your fingers just like mine . . . (*counts on his fingers*) one, two, three, four, five . . . five for you, too. Then the belly, the belly button . . . and then the balls and the little birdie, the buttocks, the legs, then knees. . . . The feet . . . there you go, I'll give you five fingers on them, too.

"All right, we're done!

"Now, Adam, breathe: *FUOF*. I'll blow in to start you off. *FUOF*. . . breathe . . . move, walk . . . that's it, come alive, come alive, Adam . . . oh . . . *ooh* . . . *ooh* . . . *eh* . . . *eeh* . . . *aaah* . . . *aah*. LIFE!

"*Oooh* . . . Look!

"Climb into this tub . . . wait while I put in some grapes. . . .

"Look at this gorgeous bunch of grapes! Pound them—press them—squash them—out spurts the wine!

"Life is wine!

"Adam—Eve—vine—wine!

"You see how I remember everything now?"

"Yes, everything, Lord . . . It's just that the part about the wine comes later; that miracle hasn't arrived yet! It won't happen until Noah is born, in a few years!"

"So late? Damn it! So I made a mistake! Mother of God, what a mess I've made! In any case . . . tell me what's gotten into these men. What is this ruckus all about? Go take a look, Peter!"

"Excuse me, but I've already been there, and I discovered that mankind is divided, separated into two factions, so to speak, two groups. In one of the groups, everyone wears a hat."

"A hat? What kind of hat?"

"Particular kinds of hats: top hats, derbies, stiff hats, even helmets. The other group wears soft ones: berets, floppy caps, and beanies."

"And why all these headpieces?"

"To distinguish themselves from one another. The ones with the hats have chosen the professions of judges, lawyers, notaries, priests, merchants, generals, and cardinals."

"I see! Thinking professions. And the others with the caps and berets, what do they do?"

"What do you expect them to do?! Hard labor: peasants, farmers, bricklayers, carpenters, and fishermen. . . . Joined in their efforts by a few wayward priests and deranged monks."

"And what gave rise to the pandemonium?"

"The fact that the Hat-Wearers want to control the Cap-Wearers: 'You do this, you do that, and we'll make the laws.' But the Cap-Wearers refuse to accept their subjugation in silence! 'We've had enough!' they shout. 'If you want to eat, you have to work and sweat for it!'

"'But we work too . . . in spirit, with thoughts and ideas.'

"'Then you can eat your thoughts and ideas, with a dish of holy spirit on the side!'"

"Ha! So, those Cap-Wearers are blasphemers too," the Heavenly Father declared indignantly. "I've had enough. I'll take care of this myself. After all, I am God, for God's sake! Let's go down to earth!"

Peter showed him the way, along with four angels blowing on trumpets of gold. When they arrived he called a meeting of everyone. "Now get down on your knees and listen. Men, women, your Father is going to speak to you in person!

"Cap-Wearers and Hat-Wearers," said the Lord, "enough of this violence, shouting, and killing. Look, I'm going to put everything into this sack. I'm going to put in all the power of the earth, which is pretty big. That includes the right to control everything and to make the rules governing religion, land, trade, war, and other things I'm sure I've forgotten to mention. There! Pay attention! I'm taking this sack and putting it onto the top of that mountain, and whoever gets there first, the Hats or the Caps, will possess its contents for all eternity with the grace of God . . . and there will be big trouble for anyone who complains. Oh, I almost forgot! The winners of the race will impose their language on the losers. The language of the winners will be the language that counts. The language of the losers will be known as *dialect,* which is to say . . . gutter talk! Remember! The race begins at dawn. Be ready. The signal will be a thunderbolt in the sky that deafens your ears."

By the middle of the night people had already prepared themselves to start. In the first row were the Hat-Wearers, mounted on their horses. They were serious, triumphant . . . and they had feathers in their hats. Riding on the six-horsed carriages were the women, with their embroidered gowns and finely curled hair.

In contrast, the Cap-Wearers arrived riding donkeys and mules, with their women and children crowded into carts.

The Heavenly Father, stretched out on a cloud, was enjoying the show. "Look, Peter. The Hats have taken off like lightning! What's taking the Caps so long? And now that the road is uphill they're getting off their animals to keep from tiring them out. How will they ever get to the mountain that way?"

At midday, the Hats rested under some trees, drinking, eating, lounging around. A few of them made love. Eventually the Caps showed up, and passed them without stopping.

"Let them go ahead," said the Hats. "We can catch up to them again in no time."

Walking, plodding, the Caps came to a big river. The head of the caravan shouted, "Stop!" He waded into the rapids and stuck a pole into the water to measure its depth. "Get back onto your mounts," he ordered. "It's too deep here."

Very slowly, with great effort, the entire group made its way upstream and tied a rope from one side of the river to the other so that they could use it to pull across their baggage and their carts. Suddenly they heard the hoofbeats of horses, accompanied by the sounds of trumpets and sneering. The Hats had arrived.

"Look at the lazy cap-heads! What kind of contraption is that? Are you afraid to get your butts wet?"

And without stopping for even a breath, they plunged into the water with their carriages and horses to make their way across. When they reached the middle of the river the rapids got deeper and the carriages started falling apart.

"Help! We're sinking! Help! Help!" shouted the Hats. The horses snorted and neighed, stamping their hooves in terror, sinking into the rising waters that foamed around them.

"Help! Help!" gurgled the generals as they kicked the lawyers under the shattered carriages with their spurs.

A cardinal clutching a large prayer book shouted, "Help! Help!" in gurgles that came out sounding almost like a Gregorian chant.

The Caps watched this swirl of drowning from the other bank. "Look at the Hats! The riders! All their overinflated puffed-up arrogance isn't enough to keep them afloat. . . ."

"We have to give them a hand . . . the women and children, at least!" someone said.

"Help!" shouted the desperate Hats, filling up with water like bloated wineskin sacs.

"You're so clever, why don't you figure out a way to pull yourselves out on your own?"

"Help! Help! But what good will it do you Caps to win the race for power. . . . *Glug, glug.* . . . Once we've drowned, who will you have to give orders to? Save us, for the love of God. . . . We swear to you that once we are saved we'll go back where we came from . . . and you will be our masters."

"You give us your word? You swear it?!"

"Gentlemen's agreement!" the Hats shouted in unison, and right away the Caps threw them ropes and pulled out their baggage . . . and held out poles to them. . . . In short, all the Hats were saved, sprawled out on the riverbank vomiting the water they had swallowed.

Sitting up on his cloud, the Heavenly Father was overcome with emotion, and tears fell from his eyes. "Look at that! I have to say that those Caps are truly good Christians!"

"Good Christians," echoed the saved Hats, "while you're here, could you make a fire to dry us off and get some dry clothes, at least for our soaked women and children?"

No sooner said than done . . . The Caps arrived with the clothes, lit the fire, left them chests full of things to eat, and said, "Well, good night. We're going to sleep. We're exhausted. You sleep well, too."

The moon came out and the Heavenly Father also slept soundly.

When the sun came up the Caps lifted themselves to their feet. "Hey, where are the Hats? They're gone? I guess they went back home like they said they would."

"No . . . look . . . over there! They're already on the mountain!"

"They stole our mules and the oxen too!"

"Damn them! Those . . . traitors!"

The Hats, entrenched up on the mountain, waved a sack in the air. "What are you complaining about! The sack is yours! We'll just take what's inside! Well, well, cap-heads, cap-heads, you goats, you sheep! We pulled one over on you!"

And with that they let loose a cascade of raspberries as loud as fireworks at carnival time.

"Oh no! That doesn't count! God, Most Heavenly Lord!" cried the Caps in desperation. "You are our witness. It was a trick! The race must be invalidated!"

The Lord appeared from out of a cloud. "Silence! Cap-Wearers, listen to me. Do you have a contract stating that once they were saved they wouldn't go on?"

"No, it was a verbal agreement."

The Heavenly Father shook his big head. "Cap-Wearers, you are right. These Hat-Wearers are nothing but a bunch of lowlife, lying bums. But you are the true champion dimwits, birdbrains, and gullible saps . . . and cuckolds as well! How is it possible that just a tear and a moan are enough to send you reeling into a sudden fit of sentimentality? Well, this should teach you a lesson! You will learn once and for all that trusting the word of a Hat is the ultimate ballbuster!"

The Dung Beetle

The piece I'm going to present for you now is called "The Dung Beetle" and is performed largely in Grammelot. This piece is "scatological," so to speak, because it deals with excrement, which is an important ingredient in the fertilization of the earth. It originated as a fable by Aesop but was later found in a medieval version that included an unexpected character: Jesus. Jesus actually talks to the dung beetle!

The dung beetle, you know, is a coleopteran, a type of beetle. Some beetles were worshipped by the Egyptians.

This dung beetle spends its life gathering enormous balls of excrement, much bigger than itself, pushing them across the desert, and burying them. It has a vital rapport with this material.

One day he was happily rolling a large ball that he had dug up during his research when he was startled by a desperate shout. It was the shout of a rabbit, distraught and out of breath, who threw itself down on its knees and begged, "Help me! Help me!"

"What's wrong?"

"There's a horrible shadow overhead . . . it's an eagle who wants to snatch me up, kill me, and eat me! I need someone to protect me! I've looked everywhere, but there is no one who can save me. You're the only one who can protect me."

"You've got to be kidding. I am the lowliest creature on the earth and you come asking me for protection?"

"Please! I choose you: You are my protector."

"All right, I'll agree to be your protector, but I really don't know what I can do for you!"

Just then the eagle arrived . . . *gniak!* She sank her talons into the skull of the poor rabbit, who pleaded desperately to his protector, "Help me! Save me!"

The dung beetle ordered, "Eagle, stop! Stop it! I will not allow you to kill him! He is under my protection!"

The eagle fell over laughing, blew him a raspberry, and then . . . with one slash of her talons butchered the rabbit, swallowed a few pieces, and then, making scurrilous sounds and gestures, flew off with her prey.

The dung beetle was distraught and cried out in desperation, "You have humiliated me! That eagle has shamed me to death!"

And then he called Christ.

Jesus arrived. "What do you want?"

"Justice. Jesus, you who protect the miserable and helpless have to make sure that justice is served! I want satisfaction!"

This set Jesus' halo spinning. "You should only turn to the saints and the Heavenly Father when you are truly in need! You are small, but you can take of this yourself. Are you lame? Have you lost your arms? Are you blind? Then what are you waiting for? Make your own justice. Do it yourself!"

The dung beetle said to himself, "Well, if that's what Jesus says to do . . ." He looked up in the sky and saw the eagle flying to the top of the mountain before landing. He understood that that was where her nest was.

Serenely, day after day, with great effort, he used his little wings to fly to the top of the mountain and waited for the eagle to leave so that he could get to the nest. There were two eggs inside. He climbed inside, grabbed the two eggs, and, accustomed as he was to rolling spherical objects, pushed them out so they fell down the mountainside.

The eagle saw. Desperate, she rushed back. She wanted to kill the dung beetle, but it crawled into a crevice in the rock. "Damn you! I saw you, you bastard dung beetle! Monster!"

Mad with rage, she decides to build a higher nest, all the way up on the mountain's icy peak. While sitting on the eggs, she thought: "That lousy roach will never be able to get up here!" Then she flew away . . . but always keeping an eye on the nest.

The dung beetle was getting cold and stamped its feet to warm itself, like this (*Slaps his hands together*). He makes it to the mountaintop, waits for the eagle to fly away and . . . another little egg rolled down the mountainside.

The eagle considered going to the Heavenly Father for protection but gave up when Jesus Christ sided with the dung beetle. So she went to the top of a tower to see the emperor and asked him to protect her eggs from the shameless dung beetle who was destroying her progeny. "I am your symbol, Emperor. I am the emblem that flies on your flag! If your symbol is erased from the earth, then your power is erased with it! You, who was chosen by God, blessed by God . . . anointed by the Lord, you must do something to save your dignity."

The emperor answered, "All right. Make your nest in my lap."

He seated himself at the top of this tower . . . and then something happened which you will understand without unnecessary explanations. I will perform this in a special Grammelot from the south, made up of phrases from Naples, Calabria, Sicily, etc. . . . And now to begin: "The Dung Beetle."

A roach—a dung beetle—was pushing his enormous round stinking pile of excrement, rolling it and singing happily:

"How round it is . . .
I am the roller.
Ahh! Ehh! Ahheeee!
Who rolls this ball of excrement!
Iheee! Ahhhaaa!
I spin it aroooouuuuund!
The earth, the sun, the planets, and the moon all spin arooouuund!
The stars and the comets all spin arooooouuuund!
Oh, how they spin!
The world spins around, everything spins around, spins and rolls . . .
Only this turd stands still!
Run, run, run . . .
What a sweaty job. How exhausting . . .
Let's go! Ha ha ha!
Off we go, tra la la!"

He heard a shout: "Help! Help! She's trying to kill me! What can I do? *Ah! Ahaaaa!"*

"Who's there?" And a rabbit appeared.

He came to a running stop: (*Breathing heavily*) "*Aha! Aha! Aha!"*

"What's wrong?"

(*Terrified, pointing to the sky*) "Look! Look! Look up there . . . the eagle!" Just then a long black shadow darkened the ground. "She's looking for me. She'll kill me if you don't save me! Help me! Save me! Be my protector!"

"Me? Me, a protector?! But I'm the lowliest creature on the earth! Are you shitting me?"

"No, I respect you, dung beetle! I kiss your hand. In front of God I name you as my protector! Is that enough for you?!"

"If you say so! All right. (*Raises his voice*) I am your protectooooooor! Pay attention, everyone! I am the protector chosen in front of God!"

The eagle circled overhead, launched into a nosedive, and grabbed the rabbit. "*Gniakke!*" The point of her beak pierced his head.

"Eagle! Take it easy! Slow down! Stop! Let him go! Stop it! I am his protector!"

"Who's that? The dung beetle? Ha! *Haahaahaaa! Hahahh-haaaaaaaaaaaa!* That roach is a protector? The shit pusher! Hold on to your turd and get lost!"

With a slash of her talons she butchered the rabbit . . . opened it . . . sucked out the intestines . . . flew off . . . and then came back. Turning around . . . a pungent raspberry from her ass . . . *prach!* Splat on the face of the roach and off she went.

"Eagle! You have offended me. I was his protector. God! God! God! Jesus! I want satisfaction! Jesus, do you hear me? Heeeeeelp!"

From out of a cloud . . . *zac!* Jesus appeared on his cross. "Who is it?"

"Don't you recognize me? I'm the dung beetle."

"The dung beetle . . . ah, the roach! What happened?"

"The eagle swooped down onto the back of the rabbit . . . poor thing! He had named me his protector. Me, a protector? (*He recapitulates the story in Grammelot, a speeded-up, condensed version of everything that had happened up to that point.*) All right . . . the eagle shows up. . . . Get back! Ha, ha . . . a laugh . . . *sgnaff*. . . she butchered him into pieces! In front of me, his protector! You have to see that justice is done. Not for me. I'm used to taking shit. But for the rabbit, the miserable animal, skinned and gutted like that! You have to see that justice is done!"

"Roach, it is true that you are a defenseless and miserable animal, but do you have to call on us saints, Madonna, and God the Father for every little thing that needs to be set straight? I repeat, you are very small, but are your hands nailed down like mine?

Are your feet nailed down? Are you blind? So what are you waiting for? He who seeks justice must make it! Me too! I wouldn't be nailed to this cross if I had done what I'm telling you to do! And remember that you have a brain! Use it! Don't forget that you are a roller. . . . Watch where the stinker flies!"

And he was gone, still nailed to the cross, flying like a bird— a wooden angel.

The roach started thinking, He says I'm a roller . . . and that I should watch where the stinker flies? I get it! It came to me in a flash! *Oieh!*

He watches the eagle flying in the sky as she circles a mountain and lands on a peak. That's her nest!

The dung beetle sets off toward the mountain. He walks . . . he flies with his little wings . . . and in two days he gets to the top . . . where the nest is.

In the nest the eagle is sitting on her eggs. The roach waits until the eagle flies away. He jumps into the nest. "What beautiful eggs! Two of them!" The roller had arrived! *Zak!* He pushes an egg, makes it roll . . . *pluk,* just like shit . . . *pluk!* Out . . . *plic* . . . it rolls down to the bottom!

From the sky the eagle cries, "My egg! My baby! He's killed it! Damned roach, I saw you!"

The roach started rolling the other egg . . . *Ahiaaaii!* . . . *Pliak* . . . *Pliak* . . . an omelet for twelve!

The eagle throws herself into a nosedive: "Curse you! I'll catch you!"

Plaff! He slips into a fissure, a narrow crevice in the mountainside. "Here I am! Now you see me, now you don't! You see me. You don't! Here I am, eagle! Come in and get me!"

The eagle uses her nails to push in her claw and gets stuck. She pulls it out, scratches herself bloody, and sticks in her beak: "Curse you!"

"Here I am!"

Night falls. In the dark the roach gets out and returns to the desert. The eagle lets out a desperate scream. "I can't let my entire race be wiped out!" So she flies to another mountain that's much higher, where there's snow and ice. "I'd like to see that roach find his way up here!"

She makes her nest. She sits on her two eggs. It is bitter cold, so she leaves to go flying and warm herself up a bit. And the roach: *ptum, ptum, ptum (panting)*, "*Aha, aha, aha!*" He beats his claws together to warm himself . . . again he jumps into the nest and rolls the eggs . . . *swooom, pu, tra, pua, tra!* It snowballs into a tremendous avalanche!

"Noooo! My eggs!" The eagle arrives and is squashed by the avalanche.

On the mountain the roach throws himself into the snow and rolls. He starts a miniature avalanche, then a slightly bigger avalanche, then a decent-sized avalanche, and then a humongous avalanche that takes him to the bottom . . . *bbllaaakk!* The roach crawls out of the shattered snowball, all white.

The eagle is flying: "Where are you? Damned dung beetle! Where are you hiding?"

But he was so white she couldn't see him. The eagle was desperate. "Who will save me now? Who will help me? I'm going to complain to the Heavenly Father! No, I can't go to God! I can't, because his Son's on the roach's side! I can't set the Father and Son against each other. I'm going to the emperor. He'll have to help me!"

The emperor was on top of a tower. He looked around contentedly and said, "What a beautiful kingdom I have. And it's mine . . . all mine!"

The eagle . . . *vooom* . . . landed on his shoulder. "What's that?"

"It's me, Emperor, the eagle. Don't you recognize me? I am your regal symbol, your emblem!"

"Oh, yes . . . the eagle! I always confuse you with the crow . . . no offense . . . you are my honor, my sign of glory. You are on my flags, even on the top of my helmet! What happened? What can I do for you?"

"I mauled a rabbit that was protected by a roach. . . ."

"A roach . . . you mean the shit pusher?"

"Yep, that's the one!"

"I never knew he was a protector!"

"Neither did I . . . but the fact is . . . I killed his protégé, and he, day after day, keeps rolling my eggs out of their nest . . . and splattering my babies, once, twice . . . scrambled eggs! You have to give me your protection. Save the eggs so my babies can have a chance to hatch . . . otherwise, your emblem is finished! You can put a crow on your flag and paint your helmet with a big fat roach."

"All right. Sit here, in the emperor's lap, and lay your eggs. Give birth to them here. Push . . . that's it . . . here comes one . . . two eggs! That's beautiful. They're still warm! Let me hold them. Are they fresh? Are they fertilized? If not, I'll fertilize them myself! All right. You can fly away calmly now and I'll hatch them."

The eagle took off, circled overhead, and flew off.

The emperor sat down and caressed the eggs in his lap. "I'd like to see if that roach has the guts to come here and roll these eggs now!"

But the roach had no sense of reason, so he flew too, holding a very large ball of manure. He flew high into the sky, over the tower, and when he was just above the emperor, he let loose his round mound of manure . . . *Ahaaa* . . . which fell right into the lap of the emperor, in between the eggs.

"What's that? Ahhh, shit!" the emperor said, immediately jumping to his feet. The two eggs rolled down from the tower all the way to the ground . . . *sgniak . . . spiaccicate!*

(*The roach sings*)

> "*Hi ho, hi ho, hi ho*
> *The eggs go down.*
> *Hi ho, hi ho, hi ho*
> *Scrambled on the ground.*
> *Hi ho, hi ho, hi ho*
> *The emperor didn't save them.*
> *Hi ho, hi ho, hi ho*
> *He scrambled them!*
> *Hi ho, hi ho, hi ho*
> *And the winner is, the roach!*"

The moral. As found at the end of all good stories: Remember, if you want to squash an animal under your foot, no matter how small it is, think again and be forewarned. It might be better to respect it, especially if it's pushing shit.

The Story of the Tiger

The Story of the Tiger

When we came down from Manchuria with the Fourth and the Eighth Armies and almost all of the Seventh, we were marching day and night; thousands and thousands of us, loaded with packs, dirty, exhausted; and we kept going, with horses that couldn't keep up and died; and we ate the horses, we ate the donkeys that dropped dead, we ate the dogs, and when there wasn't anything else to eat we ate the cats, the lizards, the rats. Imagine the dysentery that came of it all. We shit ourselves in such abundance that I think for centuries to come that path will have the tallest, greenest grass in the world.

We were dying; the soldiers of Chiang Kai-shek were shooting at us . . . those white bandits were shooting at us, shooting at us from all sides every day . . . we were trapped . . . they waited for us behind the walls of the villages, they poisoned the water, and we were dying, dying, dying.

We got to Shanghai and kept going till we could see the Himalayas spread out high before us. And there our leaders said, "Stop. There could be a trap here, an ambush. Some of Chiang Kai-shek's white bandits could be up on the mountaintops waiting for us to come along the gorge. So, all of you in the rear guard, go up there and cover us as we pass through."

So we climbed up, all the way to the top of the ridge, to make sure that nobody up there would shoot us in the ass. And our comrades passed through, marching, marching, marching, and we cheered them on.

"Don't worry, we're here, we'll watch out for you. . . . Go on . . . go on . . . go on."

The passage took almost a day, until finally it was our turn. We came down.

"And now who's going to guard our asses?"

We came down scared, looking down into the bottom of the valley; all of a sudden, just when we got to the gorge, these bandits jumped down from above and started shooting at us: *BIM BIM BAM!* . . . I saw two big rocks and threw myself in between them. Under cover I started shooting: *BAM!* I looked out. My leg, the left one, was out in the open.

"Damn, let's hope they don't see me."

BAM!

They saw me. Hit me right in the leg. The bullet went in one side and came out the other. It grazed one testicle, almost hit the second, and if I'd had a third, it would have been smashed to bits. The pain.

"Damn," I said. *"They hit the bone."* No, the bone was saved. *"They got the artery . . . no, the blood's not gushing."*

I squeezed it, squeezed it to force the blood out. I tried to walk softly, softly. I managed to walk with a little limp. But after two days the fever started, fever that made my heart feel like it was pounding down into my big toe. *TUM, TUM, TUM.* My knee swelled up and I had a big bulge in my groin.

"It's gangrene. Damn it. Gangrene."

The putrid blood began to give off a bad odor all around me and my comrades said, ***"Can you stand back a little? That stinks too much."***

They cut two sticks of bamboo, eight or ten meters long. Two of my comrades lined up, one in front of me, the other behind, with the sticks on their shoulders. I walked between them, supported under my armpits, barely putting any weight on my legs.

They walked with their faces in the air and their noses stopped up so they wouldn't have to breathe in the stench.

One night we came up close to what was called the great "green sea," and all night long I'd been shouting, cursing, and calling for my mother. In the morning a soldier, a comrade who was like a brother to me, pulled out an enormous pistol and pointed it here. (*He points to his forehead.*)

"The pain's too much for you. I can't stand to see you suffer like this. Listen to me . . . just one bullet and it's over."

"Thanks for your solidarity and understanding. I appreciate your good intentions, but maybe some other time. Don't trouble yourself. I'll kill myself on my own when the time comes. I've got to resist. I've got to live. Go ahead without me. You can't keep on carrying me like this. Go away. Go away. Leave me a blanket, a pistol to hold, and a little container of rice."

So they left. They left. And as they trudged off along that "green sea" I started to shout.

"Hey comrades, comrades. . . . Damn it. . . . Don't tell my mother that I rotted to death. Tell her that it was a bullet and that when it hit me I was laughing. Hey . . ."

But they didn't turn around. They pretended not to hear so they wouldn't have to turn around and look at me, and I knew why: Their faces were all streaming with tears.

Me, I let myself fall to the ground, wrapped myself in the blanket, and started to sleep. I don't know how, but I dreamed a nightmare, and I thought I saw the sky full of clouds that broke open and showered down a sea of water. WHOOSH. A great big thundercrash. I woke up. There really was a sea. A storm. All the water from the rivers was flooding the valley. Torrents of water swirled around me. *PLEM, PLUC, PLOC, PLAM.* It was rising up to my knees.

"Damn, instead of rotting to death, I'm going to end up drowned."

I climbed up, up, up onto a steep gravelly slope. I had to hold on to the branches with my teeth. My nails broke. Once I got up on the ridge, I started running across the plateau, dragging my dead leg behind me, till I jumped into a swirling torrent of water and swam, swam with all the strength left in my arms to the other side, and lifted myself up onto the bank, and all of a sudden in front of me there was . . . ooh . . . a big cave, a cavern. I threw myself into it.

"Saved. Now I won't drown. I'll rot to death."

I look around. It's dark. My eyes adjust . . . I see bones, the carcass of a devoured beast, an enormous carcass . . . a colossus.

"But what could eat a thing like that? What kind of beast is it? Let's hope it's moved out, with the whole family, that it's drowned in the flooded rivers."

So I go to the back of the cave . . . I lie down. I start to hear the pounding again. *TUM, TUM,* my heart beating down to my big toe.

"I'm dying, dying, dying, I'm going to die."

Suddenly, in the bright light at the entrance to the cave, I see a shadow, like a silhouette. An enormous head. But what a head! Two yellow eyes with two black stripes for pupils . . . big as lanterns. What a tiger! What a beast! A tigerelephant! *OOEH.* In her mouth she has a tiger cub, its belly swollen with water. A drowned cub. It looks like a sausage, a pumped-up bladder. She tosses it onto the ground . . . *TOOM* . . . she presses . . . with her paw on its belly . . . water comes out . . . *BLOCH* . . . from its mouth; it's drowned to death. There is another tiger cub running between its mother's legs that looks like it has a melon in its stomach; it too is dragging around a bellyful of water. The tigress lifts her head, sniffing . . . *SNIFF, SNIFF* . . . the air of the cavern.

"Damn, if she likes rancid meat, I'm screwed."

She turns toward me . . . she's coming forward, she's coming. This head getting bigger, getting bigger, overflowing. I feel my hair standing on end, so stiff that it makes noises . . . *GNIAACH* . . . the hair on my ears stands up too, my nose hairs. . . . And the rest of my hairs: a brush!

"She's coming, she's coming, she's right next to me, she sniffs me."

"AAHHAARRRR."

And the tiger cub: *"IAAAHHAA."*

"OAAAHHHAARRR."

"AAAAH."

"OAAAHAAAAARRRRRR."

"IIAAAHHH."

A family quarrel. He's right, the poor little tiger baby; he is full up to his ears with water, like a little barrel . . . what can he do? The cub runs to the back of the cave and has a tantrum.

"AAHHHHAAAEEAA."

The tigress is furious. She turns to look at me, gets up, and stares at me. Me! Damn, she's mad at her son and now she's going to take it out on me. What do I have to do with it? Oh, no, I'm not even a relative. *IGNA TUM, TUM, TUM. (He makes the sound of his hair standing on end.)* The brush! She's coming close, lantern eyes, she turns sideways. *PAC!* A tit in my face.

"But what kind of way is this to kill people? Tit bashing?"

She turns her head and says, **"AAAHARR,"** as if to say, "Suck it."

I hold her nipple with two fingers and put it against my lips. *"Thank you, anything to make you happy."* (*He mimes taking a tiny sip from the nipple.*)

I should never have done it. She turns, looking nasty. **"AAAHHHAARRR."**

Never spurn the hospitality of lady tigers. They become beasts. I take her teat and . . . *CIUM, CIUM, CIUM* (*A pantomime of gluttonous, rapid sucking*). . . . Delicious. Tiger milk. . . . Delicious. A little bitter, but, oh my dear so . . . creamy. It goes down sliding and rolling around in my empty stomach . . . *PLOC, PLIC, PLOC,* then it finds my first intestine . . . *TROC,* it sloshes all around the empty intestine . . . I haven't eaten for fifteen days. *PRFII, PRII, PFRII,* the milk is gushingly flooding all the rest of my intestines. Finished. *PCIUM, PCIUM, PCIUM.* (*He mimes folding up the empty teat like it was a little sack.*)

"Thank you."

She takes a step forward, *TACH:* another tit. It's amazing how many tits tigers have! A titteria. I started sucking another one. I wanted to spit out a little, but she was always there, like this, keeping an eye on me.

If I spit out even a drop of milk she's going to eat me alive. I didn't even stop to breathe. *PCIUM, PCIUM, PCIUM!* I sucked. I sucked. The milk was going down. I was starting to choke. *PLUC, PLUM, PLOC,* I could hear the milk seeping all the way down to the veins in my legs. It had such a strong effect that I could almost feel my heart beginning to pound less strongly. I could even feel the milk going into my lungs. I had milk everywhere.

Finished—*PLOC*—she turned. Another titteria. I felt like I was in a factory, on the assembly line. My stomach was expanding, fuller, fuller. I got to the point, squatting like I was, with my swollen belly, that I looked like a Buddha. *PITOM, PITOM,*

PITOM, repeat-action burps. And I had my butt muscles squeezed tightly enough to make my ass choke.

"If I get dysentery from the milk and start shitting myself, she's gonna get mad, pick me up, dip me in the milk like a doughnut in a cup of coffee, and eat me."

So I sucked, and I sucked, and *suck-suck* by the end, my friends, I was flooded, engulfed, drunk with milk. I didn't know where I was. I could feel milk coming out of my ears, out of my nose. I was gurgling. *PRUFF,* I couldn't breathe . . . *PRUFFF.*

The tigress, having terminated her service, licked my face from bottom to top: *BVUAAC.* My eyes got pushed up like a mandarin's. Then she went off to the back of the cave, with her cat walk, threw herself to the ground, and slept. I, stuffed to the gills, sat still. (*He mimes the statuary position of the Buddha.*)

"If I move so much as even an eye, I'll explode . . . PFRUUUH.*"*

I don't know how, but I fell asleep, calm and peaceful as a baby. I woke up in the morning, partially emptied. I was all wet with milk. The tigress. I look. (*He looks for the tigress.*) She's not there. Neither is the cub. Gone . . . they went out, gone for a morning piss. I waited awhile . . . I was nervous. Every time I heard a noise I was afraid some wild animal was coming to visit. Some other ferocious beast coming into the cave. I couldn't say, *"Sorry, the lady of the house isn't in. She's gone out. Come back later. Would you like to leave a message?"*

I waited, worried. Finally, in the evening, she came back. The tigress returned, so silky and beautiful. Her nipples were already a little swollen, not like the day before when they were bursting, but halfway nicely full, and behind her came the cub. As soon as the tigress entered the cave, she sniffed, looked around, glanced my way, and said, **"AAAHHAARRR,"** as if to say, "Are you still here?"

And the cub chimed in, "*OOOAAAHHHAA.*"

Then they went to the back of the cave. The tigress stretched out on the ground. The cub's stomach was a little less swollen with water than before, but every so often, *BRUUAAC!* he spit up a drop. Then he curled up next to his mom. Mom gently took hold of his head and put it next to her nipple.

"*IAAHAA.*" (*He mimes the cub's refusal.*)

The tigress: "***OAAHAAA.***"

"*IAAHAA.*"

And the cub ran away. He wanted nothing to do with anything wet. (*He mimes the tiger turning to the soldier and the soldier obediently coming over to drink the milk.*)

PCIUM, PCIUM, PCIUM. What a life. While I was sucking, she started to lick my wound.

"*Oh damn it, she's tasting me. Now, if she likes it, while I'm sucking, she'll eat me.*"

But no. She was just licking, just licking. She wanted to heal me.

She started sucking out the rot inside the swelling. *PFLLU-UUWUUAAMM.* She was spitting it out. *PFLUUUU.* She was draining it all out. *WUUUAAC!* Goddamn it to hell, she was good. She spread her saliva, that thick saliva that tigers have, all over the wound. And suddenly it occurred to me that tiger balm is a marvelous, miraculous medication, a medicine. I remember when I was a child, old people came to my village who were healers, witches, and they came with tiny jars full of tiger balm. And they went around saying, "***Come here, ladies. You have no milk? Smear your breasts with this balm and*** TOCH: ***You'll get two breasts big and bursting. You old ones, are your teeth falling out? A little bit on your gums . . .*** THOOMMM, *locks those teeth in tight as fangs. Do you have warts, boils, scabs . . . infections? One drop and they're gone. It cures everything.*"

And it's true! It was miraculous, that balm. It was real tiger balm, too, no tricks. They collected it themselves. Think of the courage they had, those old shamans, going on their own to get saliva from inside the mouth of a tiger; while she was sleeping, with her mouth open, *PFIUUTT . . . PFIUUTT* (*He makes a quick gesture imitating the gathering of saliva*), and then running away. You can recognize most of them because they have short arms. (*He mimes someone with lopsided arms.*) Professional hazard.

Anyway, it might have been my imagination, but it seemed that as she was licking and sucking, I felt my blood thinning out again and my big toe getting back to normal and my knee beginning to move . . . my knee was moving! Damn, this was the life. I was so happy that I started singing while I was still sucking, whistling. I got confused and instead of sucking out, I blew in. *PFUM . . . PFUM . . .* like a balloon. (*He makes a gesture of quickly deflating the teat before the tigress notices.*) All out! The tigress, content, like this (*He makes an expression of the tiger's satisfaction*), she gives me the usual lick and goes to the back of the cave. I should mention that while the mother was licking me, the cub was there watching, all curious. And when the mother was finished, he came near me with his little tongue out, as if to say, "Can I lick too?"

Tiger cubs are like babies. Everything they see their mother do, they want to do too.

"*You want a lick? Careful with those little baby teeth of yours.* (*He threatens the cub with his fist.*) *Careful not to bite, eh.*"

So he comes close . . . *TIN . . . TIN . . . TIN . . .* His little tongue licked my face till it tickled. . . . Then after a while, *GNAACCHETA*, a bite. I had his testicles within range, *PHOOMMMM.* (*He makes the gesture of throwing a punch.*) Bull's-eye! *GNAAAA!* Like cat lightning! He started running up the walls of the cave like he was motorized.

You have to earn a tiger's respect immediately, when they're still young. And in fact, from that time on, when he passed near me, the dear thing, he didn't go by in profile. He paid attention. He walked like this. (*He indicates how the cub walks by him with rigid arms and legs, alternately crossing one over another, as he worries about how to keep his distance and protect his testicles.*)

Well, the tigress was sleeping, and the cub fell asleep, and I slept too. That night I slept deeply and peacefully. I didn't have any more pain. I dreamt that I was home with my wife, dancing, with my mama, singing. When I woke up in the morning neither the tigress nor her cub were there. They had gone out.

"What kind of family is this? They don't spend any time at home. And now who's going to take care of me? They could be out running around for a week."

I waited. Night came. Now they're out at night too.

"What kind of mother is that? A baby, so young, to take him out gallivanting around at night. What will he be when he grows up? A savage beast."

The next day at dawn they came back. At dawn! Just like that, as if nothing had happened. The tigress had a huge animal in her mouth. The way it was killed, you couldn't tell what it was. A gigantic goat that looked like a cow. . . . With enormous horns. The tigress came into the cave. *SLAAM*, she threw it on the ground. The cub pranced in front of me, saying, *"AAAHHAARR,"* as if to say, "I killed it myself." (*He shows his fist and mimes the cub's terrorized reaction of walking cross-legged.*)

Okay, let's get back to the big goat. The tigress opens her big claws, tosses the goat down on its back with its belly up. *VRROMMM*, a deep gash . . . *UUAACH* . . . she rips open the stomach, the belly. Pulls out the guts, all the intestines, the heart, the spleen. . . . *BORON, BORON*. . . . . She scrapes it out, all clean. . . . The cub . . . *PLON, PLOIN* . . . jumps inside. The tigress. . . . What a rage! **"OOAAHHAAAA."**

You can get into trouble stepping on a tiger's lunch. They get mad. The tigress puts her whole head in the belly, inside that cavernous stomach . . . with the cub still in there. . . . *OAHAGN . . . GNIOOMM . . . UIIINOOOM . . . UANAAAMM . . . GNOOOOM. . . .* What a racket . . . it'd break your ears off.

They ate the whole thing in an hour. Every bone sucked clean. The only thing left was a piece of the rear end with the tail, the thigh, the knee of the beast, and a hoof at the end. The tigress turned to me and said, **"OAAAHAAAA,"** as if to say, "Are you hungry?"

She grabbed the leg and threw it over to me: **"PROOOO-OOMM . . . ,"** as if to say: "Have a little snack."

(*He makes a gesture of impotence.*) "FHUR . . . FHUF. . . . *Me, eat that? That stuff's as tough as nails. I don't have teeth like yours. . . . Look at how hard that is, like leather! And then there's the fat and the fur . . . all those bits of gristle. . . . If there was a little fire to roast it over for a couple of hours! A fire, damn! Sure, there's wood. The flood washed out all those roots and stumps.*"

I went out. I was already walking, with just a little limp. I went out in front of the cave where there were some tree trunks and stumps; I started to drag in some big pieces, and then some branches. Then I made a pile like this, then I took some dry grass, some leaves that were around, then I crossed the two horns, two bones, and over them I put the goat leg, like it was on a spit; then I looked for some round stones, the white sulfur ones that make sparks when you rub them together. I found two nice ones, started scratching away, and *PSUT . . . PSUT . . . TAC.* (*He mimes the beating of the rocks.*) Like shooting stars . . . tigers are afraid of fire. The tigress is back in the cave. **"OOOAAHAAAA."**

(*He makes menacing gestures as if to the tiger.*) *"Hey, what's the matter? You ate your disgusting ugly meat? Raw and bloody? I like mine cooked, okay? If you don't like it, get lost."*

(*He mimes the tigress cowering in fear.*)

You have to show a female who's boss from the start. Even if she's wild. I sat down with my rocks. *FIT . . . PHTT . . . PHITT . . .* fire. Slowly catching, rising . . . the flames leaped. *QUAACC. . . .* All the fat started to roast and the melted fat dripped down onto the fire. . . . It let off a thick black smoke . . . it drifted toward the back of the cavern. The tigress, as soon as the cloud of smoke reached her, said, **"AAHHHIAAAAAA."** (*The roar sounds like a sneeze.*)

"Smoke bother you? Out! And you too, tiger baby. (*He threatens the cub with his fist and mimes the frightened response of the cub's cross-legged walk.*) *Out!"*

And I am roasting, roasting, roasting, basting, basting, and turning. *FLOM . . . PSOM . . . PSE. . . .* But it still gives off a disturbingly savage aroma. (*He mimes going out.*)

"If only I had some seasoning for this meat." That's it. Outside I've seen wild garlic.

I go out; in the clearing in front of the cave, right there . . . I pull out a nice bunch of wild garlic. *THUM. . . .* Then I see a green shoot. I pull. *"Wild onion!"*

I also find some hot peppers . . . I take a sharp piece of bone, make some cuts in the thigh, and stuff in the garlic cloves with the onion and peppers. Then I look for some salt, because sometimes there's rock salt inside caves. I find some saltpeter. *"That'll do, even though saltpeter's a little bitter. Also, the fire might make it explode. But that's not important. I'll just be careful."*

I stuff some pieces of saltpeter into the cuts, and after a while, in fact, it flames up. . . . *PFUM . . . PFAAAMMM . . . PFIMMM. . . .*

The tigress: **"*OAAAHAAA. . . .*"**
(*He mimes the tigress getting scared.*)
"*This is a man's work. Out. Get out of my kitchen.*"
Turn, turn, turn . . . now it's giving off a clear smoke, and what an aroma. After an hour, my friend, the aroma is heavenly.
"*HAHA, so delicious.*"
SCIAAM: I peel off a piece of meat. (*He mimes tasting it.*)
PCIUM, PCIUM.
"*Ah, so delicious.*"
It's been years and years since I ate anything like this. What sweet, heavenly flavor. I look around. It's the cub . . . he had come in and was standing there licking his whiskers. "*You want a taste too? But this stuff's disgusting to you. You really want some. Look. (Mimes rapidly slicing some meat and throwing it to the cub, who wolfs it down in a second.) OHP.*"
He tasted it, swallowed, and said, "*OAHA.*"
"*Good? You like it? . . . Shameless brute. Take that. OPLA.*"
(*Again he mimes cutting and throwing the meat to the cub.*)
"*EHAAA . . . GLOP . . . CL . . . OEEE . . . GLOOO . . . OEH-AAH-HAAA.*"
"*You're welcome . . . you're welcome. . . . Yes, I made it myself. You want some more? Watch out your mother doesn't find out that you eat this stuff.*"
I cut off a nice piece of fillet. "*I'll keep this for myself. The rest is too much for me, so I'll leave it for you. Take the whole leg.*" (*He mimes the action of throwing the goat leg to the cub.*)
BLUMMM. . . . It hit him in the face and flattened him. He picked it up and staggered around with it like a drunk. Then Mom shows up. What a scene!
"*AAAAHHHAAAA*, what are you eating? . . . This disgusting burnt meat? Come here. Give it to me. *AAAHHAAAAA*."
"*OOOOHHHOOOOCH.*"

A piece of meat gets stuck in Mom's mouth. She swallows it. She likes it.

"*UAAAHAAAA,*" says the mother.

"*UUAAHAAAA,*" answers the cub. (*He mimes the mother and son fighting over the meat.*)

"*An argument.*"

"*PROEMM . . . SCIOOMMMMM . . . UAAAMMMM. . . .*"

The bone. Licked clean. Then the tigress turns to me and says, "*OAAHHAAAAA,* isn't there any more?"

"*Hey, this one's mine.*" (*He points to the piece he had cut a moment ago.*)

While I was eating, the tiger came over to me. I thought she wanted to eat my meat, but she just wanted to lick me. What a wonderful person. She licked me and then went over to her usual spot. She stretched out on the ground. The baby was already asleep, and pretty soon I fell asleep myself.

When I woke up in the morning, the tigers were already gone. It was getting to be a habit with them. I waited all day and they didn't come home. They didn't even show up that evening. I was a nervous wreck. The next day they still hadn't come back.

"*Who's going to lick me? Who's going to take care of me? You can't go leaving people home alone like this.*"

They came back three days later.

"*Now it's my turn to make a scene.*"

Instead, I stood there dumbstruck, speechless: The tigress walked in with an entire beast in her mouth. Double the size of the last one. A wild bison. I don't know what. The cub was helping her carry it. They both stepped forward . . . *BLUUUMMM,* sideways . . . like they were drunk with fatigue . . . *PROOM* . . . they came up to me.

PHOOAAHHAMMMM. . . . (*He mimes the tigers unloading the dead animal.*) The tigress says, **"HAHA . . . HAHA . . ."** (*He imitates the tiger panting.*) And then: **"AAAHHAAAAA."** As if to say, "Cook it."

(*Putting his hands to his face in desperation*) Don't let tigers get away with bad manners.

"Excuse me, tiger, you must be mistaken. You don't expect me to sweat and slave over a hot stove while you're out having fun. What do I look like? Your housewife, me?! (*He mimes the tiger preparing to attack him.*)

"OOAAHHHAAAOOAAHHAAAAAOO."

"Stop. OHO, OHO . . . OHO! So that's how you get your way. Can't we talk things over anymore? How 'bout a little dialectics over here. Okay, okay . . . OHEOOH. . . . Don't get all hot and bothered about it. All right, I'll be the chef . . . I'll cook. But you two go get the wood."

"OOAAHHHAAAH?" (*He indicates the tiger pretending not to understand.*)

"Don't play games. You know what wood is. Look here, come outside. That's wood. Those are stumps. Bring in all those pieces right away."

She understood all right. She gathered up the wood promptly, all the stumps, back and forth, so that in an hour the cave was half full.

"And you, tiger baby. Nice life, eh? Hands in your pockets?" (*He turns to the audience.*) He did have his hands in his pockets. He had his claws tucked in and was resting his paws on two black stripes just as if his hands were in his pockets.

"Come on. Get to work. I'll tell you what you have to get: onions, wild garlic, wild peppers—everything wild."

"AAHAAA."

"You don't understand? Okay, I'll show you. Look over there. That's an onion. That's a pepper."

The poor thing kept going back and forth with his mouth full of garlic, peppers, and onions . . . ha . . . and after two or three days his breath was so bad you couldn't get near him: what a stink. And I was there all day, by the fire, roasting, falling apart. My knees were scorched, my testicles dried to a crisp. My face was burnt, my eyes were watering, and my hair was singed too, red in the front and white in the back. You couldn't expect me to cook with my ass. It was a dog's life. But they just ate, pissed, and came home to sleep. I ask you: *"What kind of life is that?"*

So one night when I was feeling burnt up all over, I said to myself, *"Enough. I'm cutting the cord."*

While the two of them were sleeping, filled to bursting with the food I had intentionally inebriated them with, I crawled toward the exit, and was about to leave, almost outside when . . . the cub reared up screaming.

"AAAHHAAAAAAA. . . . Mama, he's running away."

"Little spy. One of these days I'm going to rip off your balls with my bare hands, cook them up, and give them to your mother to eat stuffed with rosemary."

All of a sudden it started to rain: a thunderstorm. I remembered that tigers have a terrible fear of water. So I threw myself out of the cave and started running down the mountainside toward the river . . . I dived into the river and swam and swam and swam. The tigers came out.

"OOAAAHHAAA! . . . "

I answered back, "OOAAHHAAAHHAAAA!" (*He transforms the miming of his swimming into a classic obscene gesture.*)

I got to the other side of the river. I started running. I walked for days. For weeks, a month, two months, I don't know how far I walked. I couldn't find a hut. I couldn't find a village. I was always in the forest. Finally, one morning I found myself on a hilltop looking down on a valley stretched out below. The land was cultivated. I could see houses down there, a village . . . a town! With a town square, full of women, babies, and men.

"OHO . . . people." I ran stumbling down. *"I'm saved. People, I'm a soldier of the Fourth Army. It's me."*

As soon as they saw me coming: ***"It's Death. A ghost."***

They ran away into their huts, into their houses. And they barred their doors with sticks and chains.

"But why . . . a ghost, Death . . . but why? No, people. . . ."

I passed in front of a glass window and saw my reflection. I was terrified. My hair was white and wild. My scorched face, blackened and red. My eyes looked like burning coals. I did look like Death. I ran to a fountain and threw myself in . . . I washed myself. I scrubbed myself all over with sand. Finally I came out clean again.

"People, come out. Touch me . . . I'm a real man. Flesh and blood. Warm. . . . Come, come feel me . . . I'm not Death."

They came out, still a little scared. A few men, a few women, some children, they touched me . . . and while they were touching me I told them the whole story: (*He recounts his entire adventure in double time, recapitulating the story in onomatopoeic sounds to accompany his gestures.*)

"I'm in the Fourth Army. I came down from Manchuria. When they shot me in the Himalayas, they hit me in the leg, just missed my first and second testicles, if I'd had a third, it would've been shot to bits . . . then, three days, gangrene . . . a big pistol pointed right at me: 'Thanks, maybe some other time.' PROM, *I fell asleep,* PROM, *rain and water, water,* PROM, *I'm in a cave, a tigress comes, her cub's drowned . . . she comes up to me, my hair stands on end . . . a brush! Breast-feeding, so I tit, tit, tit, just to make her happy, so I suck, I suck, then there's another one:* BAM AHAAA.

A punch in the balls. . . . Then the next time: BROOOOM, *a giant beast, and me I'm roasting, roasting, roasting, red in the front, white in the back.* SCIUM! *Mama, he's running away. I'll rip your balls off.* AAHHAAAHHHA, *and I escaped!"*

While I was telling my story, they looked at each other, making faces and saying, **"Poor guy, his mind's gone to mush . . . must have had an awful scare, he's gone mad, poor thing."**

"You don't believe me?"

"But yes, of course! It's normal to be breast-fed by a tiger . . . everybody does it. Around here there are people who grow up drinking milk from tigers' tits. You ask them, 'Where are you going?' 'To suck a tiger tit.' And then there's all that cooked meat. Oh, how they love it. . . . Those tigers just can't get enough of that cooked meat. We set up a cafeteria just for the tigers. . . . They come down every week just to eat with us."

I got the impression they were making fun of me.

At that moment we heard the cry of a tiger. **"AAHHAA-AAAAAAAAAA."**

A roar. At the top of the mountain you could make out the profile of two tigers. The tigress and her cub. The cub had grown to be as big as his mother. Months had passed. . . . Imagine, they'd managed to track me down after all that time. I must have left quite a trail of stink behind me.

"AAAAHHHAAAAA."

All the people in the village started to scream in fright: **"Help! Tigers!"**

They ran away to their houses and closed themselves in with chains.

"Stop, don't run away . . . they're my friends. They're the ones I told you about. The cub and the tigress that nursed me. Come out, don't be afraid."

The two tigers came down, *BLEM, BLOOOMMMM, BLEM, BLOOOM*. When they got within ten meters of me, the mother tiger started to make a scene. But what a scene!

"*AAHHAAAAAAAA* a fine way to pay me back, after all that I did for you, I even licked your wounds *OOHHAAAAAA-HHHAAAAA* I saved your life! *EEOOOHHHAAAA* things I wouldn't have done even for my own man.... For one of my own family ... *EEOOHHHAAAAA* you walked out on me *OOOHHHAAAHHAAAA* and then you taught us to eat cooked meat, so now every time *EEOOOHHHAAAAHHAAA* we eat raw meat we throw up.... We get dysentery, we're sick for weeks. *AAAHHHAAAHHHAAAA*."

And I gave it back to her: "Oohhaaaaaa. *Why did you do what you did? I saved you too with the nursing so your tits wouldn't burst* ... AHOOLAHHH! *And didn't I cook for you, roasting, roasting, till my balls bust, eh?* AAAHHHAAA. *Behave yourself, eh ... even if you are grown up now....*" (*He threatens the tiger cub with his fist.*)

Then, you know how it is, in a family, when you love each other ... we made up. I scratched her under her chin.... The tigress gave me a lick ... the cub gave me his paw ... I gave him a little punch like this. I pulled a little on the mother's tail ... I gave her a little slap on the breast, the way she likes it, a kick in the balls for the cub, and he was happy. (*He turns to the people, who've locked themselves in their homes.*)

"*We made up. Come out ... don't be afraid, don't be afraid.*"

(*To the tigers*) "*Keep your teeth in* AAAMMM, *like this.* (*He covers his own teeth with his lips.*) *Don't let them see* AMMAAAA. *And keep your claws tucked under your paws, hide your claws under your armpits ... walk on your elbows, like this.*" (*He demonstrates.*)

The people start to come out.... A little woman softly strokes the head of the tigress....

"She's so beautiful. . . . Guruguruguru. . . . *And the other one, so cute.* . . . Lelelele. . . . *And* VLAAAMMM!"

Lots of licking, petting, scratching for the tiger cub, too. And the children. A group of four children climbed right on the tigress's back. Four of them jumped right on, *PLOM . . . PLOM . . . PLOM . . .* the tigress marched around with them like a horse. Then she rolled over on her side to stretch out. Four more kids grabbed hold of the tiger cub's tail. (*He mimes the cub being dragged backward and resisting by digging his claws into the earth.*)

"*AAAAHHHAAAAHHH.*"

And I was right behind him, keeping an eye on things (*He shows his fist.*) . . . because tigers have long memories.

Then they started to play, rolling on the ground and clowning around. You should have seen it: They played all day with the women, the children, the dogs, the cats . . . a few of them did disappear every once in a while, but nobody noticed because there were so many of them.

One day while they were romping around, we heard the voice of a farmer, an old man who came shouting down from the mountain.

"Help, help, people! The white bandits have come to my village. They're killing all the horses, they're killing our cows. They're carrying off our pigs . . . they're carrying off the women too. Come help us. . . . Bring your guns."

And the people said, **"But we don't have guns."**

"*But we have tigers,*" I said.

We took the tigers. . . .

BLIM . . . BLUMMM . . . BLOM . . . BLAMMM . . . BLAMMM . . . BLAM . . .

We climbed up the hill, went down the other side to the village. There were soldiers of Chiang Kai-shek, shooting, killing, looting.

"Tigers."

"AAAHHHAAAAAA."

As soon as they heard the roars and saw the two beasts, Chiang Kai-shek's soldiers burst their belts, dropped their pants, shit on their shoes . . . and ran away.

And from that day on, every time Chiang Kai-shek's soldiers showed up in one of the neighboring villages, the people would come calling for us: *"Tigers."*

And we'd be off. Sometimes they'd show up from two places at once; from here, from there, they called us from all over. They'd even come to book us a week in advance. One time twelve villages wanted us the same day . . . what could we do?

"We only have two tigers . . . we can't go everywhere . . . what can we do?"

"Imitations! We make imitation tigers!" I said.

"What do you mean, imitation?"

"Simple. We have the model right here. We get some paper and glue to make the heads out of papier-mâché. We make a mask. We put holes in the eyes, so they look just like the tigress and her cub. Then we put in a movable jaw. Somebody gets in like this with the head and goes QUAC . . . QUAC . . . QUAC . . . *moving the arms. Then somebody else gets behind the first one, then another one puts his arm behind him to make the tail like this. To top it off, we put a yellow blanket over them. All yellow with black stripes. We make sure it covers the feet, because six feet for one tiger would be overdoing it a little. Then we roar. For that we'll need some roaring lessons. Okay, let's have everybody who's going to be an imitation tiger over here for the lessons and the tigers will be the teachers. Come on, you can do it. Let's hear how you roar.*

"OOAAHHAAAAA. . . . There. Now you try." (*He turns to a student.*)

"OOAAHHAAAA."

"Again."

"EOOAAHHAAA."

"Stronger. Listen to the tiger cub."

"EEOOOHHHAAHHAAAA."

"Again."

"EEEOOOHHAAAAAAAAAAAA."

"Again. Stronger."

"EOOOHHHAAAAAAAAAAAAAAAAAAA."

"All together." (*He begins to conduct them like the maestro of an orchestra.*)

"OOOOOOOHHHHAAAAAAA."

All day long the noise was so wild that an old man, a stranger, passing by the village was found behind a wall, stone dead of fright.

But when Chiang Kai-shek's soldiers came back again, *"Tigers!!!!"*

"OOOOHHHHAAAHHHAAAA."

They ran away, all the way to the sea. And then, one day, one of the party leaders came around to praise us, and he said, *"Good work. Good work. This tiger invention is extraordinary. Our people have more ingenuity, creativity, and imagination than anyone else in the world. Good work. Good work. But the tigers, they can't stay with you anymore. You have to send them back to the forest where they came from."*

"But why? We get along great with the tigers. We're comrades. They're happy. They protect us. There's no need . . ."

"We can't allow it. Tigers have anarchist tendencies. They can't engage in dialectics. We have no role in the party that can be assigned to tigers, and if they can't be in the party, they can't stay in this base. They have no dialectics. Obey the party. Take the tigers back into the forest."

So we said, *"Okay, okay, we'll send them to the forest."*

But instead, we put them in a chicken coop: out with the chickens, in with the tigers. The tigers on the bird perches like this. (*He mimes the tigers swinging back and forth on the perches.*) When the party bureaucrat came by, we had taught the tigers what to do, and they went, **"HIIIIIIHHHHHHHIIIIIRIIIIIHHIIII."** (*He imitates the cluck of a chicken.*)

The party bureaucrat took a look and said, *"A tiger cock,"* and walked away.

It was a good thing we held on to the tigers, too, because not long afterward, the Japanese arrived. They were everywhere, little, mean, bandy-legged guys, their asses hanging down to the ground, with huge sabers, and big long rifles. White flags with red circles in the middle on their rifles, another flag on their helmets, and another one up their asses that had the red circle with the rays of the rising sun.

"Tigers."

"OOOOOEEEHHAAAHHAAAAAAAA!!!!!"

Flags off their rifles, flags off their hats. The only flags left were the ones up their asses. *FIUNH. . . . ZIUM. . . .* Away they went, running like a bunch of chickens.

A new party leader arrived and told us, *"Good work. You did well before to disobey that other party leader who was, among other things, a revisionist and a counterrevolutionary. You did the right thing. . . . You should always have tigers present when there's an enemy. But from now on there'll be no need. The enemy's gone . . . take the tigers back into the forest."*

"What, again?"

"Obey the party."

"Does this have anything to do with dialectics?"

"Absolutely."

"Okay, enough."

We still kept them in the chicken coop. And it was a good thing we did because Chiang Kai-shek's men came back again, armed by Americans, with tanks and artillery. They kept coming, more and more of them.

"Tigers."

"OOOOEEEEHHHAAAAHHHHHAAAAAA!!!!!"

They ran away like the wind. We beat them back to the other side of the sea. There was no one left, no enemy. And then all the party leaders arrived. All the leaders waving flags in their hands and applauding us. Some from the party, some from the army. The upper-level intermediary officials. The upper-upper-level central intermediaries.

They all cheered and shouted, *"Good work. Good work. Good work. You did the right thing to disobey: the tiger must always remain with the people, because it is part of the people and is the invention of the people, the tiger will always be of the people . . . in a museum . . . no, in a zoo. . . . There forever."*

"What do you mean, in a zoo?"

"Obey. There's no need for them anymore. No need for the tigers. We have no more enemies. There's only the people, the party, and the army. The party, the army, and the people are the same thing. Naturally there is the leadership, because if there's no leadership, there's no head, and if there's no head then there's no element of expressive dialectics, which determines a line of conduct, which naturally starts at the top but is subsequently developed at the base, where the proposals from the top are collected and debated, not as unequally distributed power, but as a kind of determinate and invariable equation, applied in an active horizontal coordinate, which is also vertical, the actions of which are inserted in the thesis position, which is developed not only at the base, to return to the top, but also

**from the top to the base in a positive and reciprocal relation-
ship of democracy. . . . "**

"TIGERRRRRRRRS." (*He mimes a violently aggressive response
to the party leaders.*)

**"EEAAAAAAAHHHHHHHHHHHHHHHHHHHHHAAAAAA-
AAAAAAAAAA!"**

Two Lovers Entwined
Like Peas in a Pod

Sempre nella rappresentazione dei vangeli popolari, nella bibbia dei villani, una grande sorpresa è che i nostri progenitori non sono Adamo e Eva ma altri due personaggi, pieni di gioia di vivere, di passione. Dio dopo averli creati si pente di questa creazione. Sono due persone che nascono dentro un baccello infatti s'intitola "I doi amorosi entocigà derentro li baccèlli come faggioli".

Viene recitato, da Franca, in un linguaggio del tutto particolare, dell'Italia centro-meridionale ed è un insieme di ritmo e forza, straordinari.

Dopo aver criàto l'unovèrso mónno, lu sesto jórno lo Padreterno disce: "Vòjo fare dói criattùre ugguàli a mìa, come dói fijòli!".

E all'entrasàtte, sanza faticàre, te sfórna dói òvi granni, ma accussì granni che a 'no eliofànte se sarèsse sfonnàto lo condotto sòjo. Di poi chiamma 'n'aquila pe' farle covare: "Viene a ccà uzzellàzzo . . . assèttatece sovra!".

Ma 'sto aucellóne non rejésce a covrìre nemànco la pónta de li ovi!

"Mò che fazzo? Chi me li cova li fiji mii? Me ce dovarò arrangiàre da mè sè ssolo!"

Lo Patreterno se tira in suso la veste tutta fino alle nàteche e po' se assètta accucciàto mòrbedo sull'ove e coménza a covàlle come fusse 'na gallinóna chioccia veràce. D'estìnto jé viene de fa "co-co-co . . . " e sbatte le brazza: "co-co-co . . .".

Lì appresso ce stanno de le scimmie babbuìne che sbòtteno en una gran resàta: "Lu Patreterno che cova le ova! Ah, ah!".

Lo Deo s'embofalìsce offeso e jé ammolla 'na fulmenàta a sbrucciacùllo sullo deretàno: "Sciaà!". E pe' l'eternità li babbuini so' remàsti pellàti e rossi nella chiapperìa.

Allora, decévo, lo Segnore cova . . . e pe' lo gran callóre che te spriggióna, pe' 'nu poco no' te cocìna dói ovi a la còcche!

De bòtto ci ha 'no sovrazzàlto: "Se mòveno! L'òve se àggiteno!". Lo Segnore ninna a frèmmito lo derettàno santo . . . l'òve se sguàrceno sparancàte e da ciascoùn òvo ce sorte 'na creattùra!

Emmozzionàto comm'è lo Segnore . . . besògna capillo . . . ell'è alla sòa prima covàta . . . pe' abbrazzàlli se enciàmpa e frana sulli dói nasciùti e te li spiàcceca che n'è quasi una frittata: "Dèo, dèo che desàstro! Besògna che ce remèdio.".

Lo Deo raccàtta la prima nasciùta, 'na fémmena, e, come uno pasticcére, ce refà la formatùra. "Oh, accà, su lo petto me son sortùti do' bozzi. Beh, je stanno bene, ce li lasso. Quastaggiù . . . me s'è fatta 'na fessùra . . . no' ci ho tiémpo pe' recucìlla . . . tanto è 'na fémmena, e, anco se ce tiene quàrche defècto nissciùno se ne incorge."

De po' arremèdia pure lo màsculo . . . 'stavòrta co' cchiù attenzione.

"Mò do' li sistémo . . . povere criattùre mie appena nasciùte?" Addeségna nell'àire uno allìsse tónno e de bòtto t'appàre 'nu baccello de faggiolóni esaggeràto! Àvre 'sto baccèllo granne, ce cava fòri li faggiolóni e adderéntro ce sestéma alloccàti, una creattùra pe' ogne valva.

"Belli li piccirìlli mèi! Adduormìte accussì assaporìti fino a dimani!" e via che sen diparte pe' l'enfenìto del creàto.

Entànto lu diàbbolo, gellóso allo vòmmeto, ha assistùto a tutta 'sta magnéfeca creàta. Comme lo Padre Deo s'è sparùto, s'apprèssa alli dói gusci-baccèllo e, pe' no' dà nell'uócchio . . . che entórno ce stanno sempe li ànzoli costòdi a spiare, s'è accarcàto sullo capo 'na coccia de montone co' li corna a torcelióne . . . e accussì cammenàndo a pecuróno . . . razzònze te doe valve sparancàte e co' 'na petàta: bam!, te arrichiùde lo baccèllo spiaccecàto.

All'entrassàtte mascolo e fémmena se arretruóveno uno encollàto all'artra appiccicàti. Pe' lo còzzo se revégliano all'istante . . . se odóreno . . . in dello scuro se pàlpeno . . . co' la léngua s'assàggeno . . . "È bono!"—"È saporosa!"—"E tu chi se'? Se' 'nu faggiòlo?"—"Ma che disce?! Sono l'ommo!" -"Sei lo meo doppio . . . igguàle a mìa?"—"No che no' sémo iguàli . . ."—"Sémo empriggionàti?"—"Statte cheta che appena sémo maturi 'sto covèrcio all'encànto, s'apre da se ssolo."—"Ma io no' so' pe' niente aggitàta . . . me ce truóvo bene accussì, me sento addosso un gran dolcióre."—"Anco io . . ."

Pe' ziògo se nìnneno de qua e de là . . . se strùsceno.

"Me fa 'nu sollético strepetóso: Ahahah!". Crìeno, rìdeno e miàgoleno co' laménti . . . respìreno ansemàndo. Plaf!, se spalàncheno le dói valve: "Oh sémo libberàti!". "Pe' caretà!—disce la fémmena—Arrechiùdi che me siénto friéddo!" E Ploc!, co' 'no strattòne, de nòvo se retruòveno all'ambracciàta . . . e pò de nòvo avèrto e po' recchiùso . . . avèrto e recchiùso . . . avèrto e recchiùso . . . "É 'nu spasso granne! Comme se chiammerà 'sto gioco?" E la fémmena co' 'no slànguedo suspìro dice: "Io me credo che se chiàmma ammore.".

"Beaae!" Lo diàbbolo sempre travestùto comme 'no pecuróne, sbatte la capa su lo terréno e biastémmia: "Che fottetùra! Io, lu demòneo, ce ho enventàto l'ammore! Behhae!".

'Nu cavróne che jé sta appresso s'arràzza a 'sto bellàto e jé va en groppa allu diàbbolo a montàllo.

"Beehhhaee!" Fógge come un fùlmene lo diàbbolo e se va a incornàre co' la capa de contro a 'nu roccióne . . . le corne ce se infrìccheno saldàte ne' la capòccia . . . cossì che, en un solo ziòrno, lu diàbbolo t'ha creato l'ammore e c'è remàsto per l'eterno becco e connùto!

Entànto quelli ne li bazzelli continuàveno a fare all'ammore . . . avèrto e recchiùso . . . avèrto recchiùso . . .

Riappare lo Signore all'intrassàtta: "Ecchè! Ma che razza de razza t'ho sfornato?—s'endìgna e crìa—Ma che smorbegósa vita è mai 'sta vostra, che tutto lo juórno embrazzàti ve ne stàite . . . avri e cchiudi, avri e cchiudi! Ci avvéte ancora de enventàr la rròta . . . lo fòco! Ve ho ccreàti comme fiji mei! Creattùre del Segnóre siete! E arrestàteve almànco un'àttemo de fa l'ammore, intanto che ve parlo!"

E a Deo ce girano li santissimi! "Sai che facc'io? Ve devìdo! Ve destàcco un dall'artro, la fémmena de cca e lu màscolo dellà e ve sbatto in dòie continenti devèrsi che no' ve rencontreréte mai cchiù!" "No' ce devìdere Deo! Accussì, tu ce accìde!" chiagnévano l'enammorósi desperàti.

In alto, lassù, se stéveno ciénto ànzoli e anch'essi chiagnéveno làcreme assai pe' lo dulóre.

"Che d'è 'sta dacquàta in su la capa?" crìa lo Seggnore.

L'ànzeli spaventàti, sen fiùggheno . . . lassàndo sparpajàta 'na gitlata tónna tónna de làgrime . . . e accussì nel cielo s'è nasciùto l'arco-abbaléno.

Quand'io son nasciùta me so' truovàta tutta sola entram-mèzzo a 'sto 'nnevèrso monno . . . nisciùno che me steva ad aspettà pe' farme accojénza . . . Nisciùno che me presenta a qualconàrtro . . .

No, ma dico, almànco 'no poco de creanza! Cosa ce costava a cchillo, lo Deo, affazzàrse de 'na nìvola e criàre: "Annemàli tutti attenzione! Ecco, cotésta ch'ho appena sfornàta ell'è l'Eva . . . la préma fémmena dello omo!". Macché, manco fussi la fija de la povera bottàna (puttana)! Nissciùno!

Nemànco l'ommo mio me ci hanno fatto truàre a farme 'nu poco festa.

"Retruòvatelo da te! Arranzate!"

Nissciùno da scambeàrce parole . . . niente da ffare . . . me aggiràvo de qua e de llà, come 'n'allòcca! Pe' passà lu tempo, me enventàvo lí nommi delle cose . . . e me penzàvo: meschina a mé . . . sanza matre che m'addorme (che mi porta a dormire) la notte, sanza 'nu padre che me reprime lu jórno . . . sanza ricordi . . . pecchè eo, lu savéte, no? . . . so' vegnùa allo mónno no' da piccirìlla creattùra ma de già cresciuta, co' tutti li tondi, de retro e d'innànze . . . Quando l'ho scoprùto (scoperto) . . . toccàndome . . . me so' guardata . . . de retro ce avevo dói . . . nàteghe? . . . Eh, nàteghe! . . . me pare che sia 'nu bello nome per isse . . . E vva bbene . . . ma pecchè lo creatore m'ha fatto spontà doe nàtighe puranco su lo petto? Dev'essere 'no gran burlancción (burlone) ridanciano 'sto Creattore!

Lo Creattore?! Io manco lo emmazzinàvo che ce fusse 'sto santo fabbricatore de tutte le cose!

E cotesta storia pe' minchióni, che io me sarebbe nasciùta da 'na costola strappata allu Adamo? Ma, paziàmmo?

Che io, all'Adamo, appresso . . . quando l'ho encontràto . . . che ce sono entrata in confiénza . . . ci ho tastato lo stòmmeco, lli ossi . . . e ce l'hàggio contate . . . ce tiene otto costole de ccà e otto costole dellà . . . come ammìa!

Mo' me vulìte fa' credere che avànte l'ommo l'era stàito criàto co' 'na sfilza de nove costole de 'nu canto e otto dell'artro? 'Nu povero stcianconàto (sciancato) . . . sbérciolo, tutto stortulénto . . . accussì?

Ma no' dicìmmo cojonnàte!

(*Chiama gridando verso il cielo*) "Creattooooore?—criàvo
—Me so' stufàta de stàmmene de sola . . . vido solo lioni,
eliofànti e rrane che so' de poche parole . . . 'Ndó sta lo màscolo
méo?"

Me lo so' truovàto all'intrasàtte (istante) devànte . . . Lo è stato
comme 'na sbottàta de scontro! Ell'era illo . . . l'ommo méo! . . .
Chillo che me avéveno assignàto!

Che bello anemàle!

'Nu puóco allocchìto come m'ha veduta . . . l'uòcchi
sparancàti . . . me 'spezionàva tutta, senza dìmme 'na parola.
All'estànte t'ha allongàto le brazza e le do' mano e m'ha strizzàto
ambodùo le zinne. Accussì: prot!, prot!

"A scostomàto!" e ce ho ammollato 'na sgiaffàta (uno schiaffo)
a tutto muso!

Di poi però me so' penzàta che 'sta tastàta a tuttemàno potéa
esse 'no rito delli ummàni . . . che sò . . . 'na mannèra de
salutàsse . . . ma illo no' tegnéva zinne come a mìa, a lu petto
. . . jé spontàveno sojaménte dói pìccioli tondolètti in fra le
cosce.

Io ci ho slongàte le mani mia . . . "Piazzere!" e jé l'àggio
strizzàte: prot, prot!

"Ahhhahh!" È sortìto co' no' crrìdo de lióne scannàto . . . e
via che l'è foiùto (fuggito) . . .

Nun l'àggio cchiù vidùto pe 'no tiémpo longo assài!

Quarche jorno appresso me so' pijàta uno spavento grànne.

Me so' vedùta sanguinà in la fessura . . . dove illo, l'ommo,
ce tiene li pendolìlli tónni.

Comme quanno pe' 'nu sternuto se sànguena lo naso . . .
"Deo!—me so' diciùta—Ce ho du nasi! Unno accà e unno allà!"
Ero desperàta!

"Me sto a dissanguàre!" me criàvo.

"Stàtte bona . . . 'nu è niente, è lo natturàle!"

"Che d'è 'sta vosce?"

Vardo . . . de derénto a 'na grotta bassa s'affàccia 'na creattùra fémmena, 'nu donnone grasso co' du' zinne, grosse accussì . . . 'na panza sgiónfia (gonfia) tanto . . . 'na scrofa!

"E tu chi se'?"

"Io mi son la Matre!"

"Che matre?"

"La Grande Matre de tutto lo creato!"

"No! Tu dice boggìa lo creattóre ùnneco è sojamènte a chillo che sempre se sponta a guardà de le nivole co' un occhi solo . . . granne, incorniciato deréntro 'nu triangolo . . . come 'nu guardone."

"Sì, ello vero . . . illo è l'ùnneco Santo Criatore, ma eo so' chilla che ce dà lu latte a la terra, che fa spontà la premavéra . . . e fa fiori l'àlberi . . . e sbottà gonfie le frutta!"

"E pecché te stai nasconnùta in 'sta tana?"

"Pecchè illo, Io Deo, no' vole che se sape (sappia) attorno. Noaltri sémo devinetà de 'n'altra religgióne . . . che ci hanno descacciàte. Co' a mmìa chiude 'n'occhio, pecchè no' pole farne a meno... illo no' è bbono de allattare . . . no' tiene zinne granni come ammia . . . e po' se vergoggna . . . ma no' ho de fàmme vede de nisciùno."

"E ce ne stanno dell'artri de 'ste devìni descacciàti?"

"Sì ce sta lo meo fijòlo che l'è 'no sciagguràto matto: va d'entòrno a enfelzàr de frezze le criattùre pe' falle ennamoràre."

"Enfelzàre? E con che?"

"Accussì, con 'st'aggéggio che lanza frezze . . . arco, se chiamma . . . Zam!, se sfilza e a ognùn che còje . . . zach!, se ennamóra de chillo che jé sta appresso . . . Ma illo è 'no scostumato e tira frezze, do' càpeta càpeta. E accussì t'ha enfelzàto un'ànzelo che s'è 'nnamoràto pazzo d'un cammello, un'àseno s'è ennamoràto de un lióne e l'ha pure engravidàto . . . e 'na vérzene beata ci ha perduta la capa Pe' 'no scarrafóne. Attenta a te, che se te còje!"

"Me stai a raccontà buggeràte ah, Grande Madre . . . me sa che tu dev'esse 'na gran frottolóna! Pittòsto, dimme de 'sto meo ensanguinàre che d'è?"

"È lu segno che en 'sto tiémpo tu se' empùra"

"Empùra? Ma che ciànci?"

"Nun so' io che fazzo 'ste regùlaménte, ma so' li detti de la tua religgióne."

"Quale regulaménte?"

"Chillo che dice che 'na fémmena mestruàta cussì se cchiamma come a ttìa, no' deve sbatte l'ove ne' pe' la rosumàta né la majonese, pecchè s'empazzìsce. Che in 'sti ziórni sforannàti no' deve toccà li fiori che avvezzìscheno lo vino che se fa acieto! No' deve toccà 'na puerpera che se stranìsce no' tuccà 'nu piccirillo che jé vién la rogna pazza, né nisciùn ommo . . . che jé pija la scagàzza!"

"Ma illo è vero?"

"No, l'è 'na panzàna che mettono en torno per enforcicàre li cojóni e smortificàr noàrtre fémmine deréntro a la boàgna. E accussì lo sarà per la storia de la poma e quella de lo vaso de Pandora e de le stròleghe a mezzo pesce o occiéllo. Ensomma tanto pe' dì che sémo 'na gran massa de potàne."

En quella s'è veduto uno lampo, la Madre grossa s'è accucciata:

"È illo, lo tuo Segnore! Pe' carità, no' je dìcere che t'ho parlato . . . se lo sape, illo me dà 'na folmenàta che m'abbruscia! Te assalùto." e l'è sparùta.

Appresso me so' rencontrata co' l'Adamo e no' l'è fogghiùto . . . però se attenéva le mmani sempre accà *(indica il pube)!* Se steva sempre assieme come doi accoppiàti . . . se rideva, se jocàva . . . Po' un jorno . . . tutto an tratto è cangiàto . . . No' so che gli è preso . . . ce ha lo zervèllo abbrancàto (afferrato, aggrappato) all'idea dello Demonio che io manco so chi sii 'sto Demonio e nemanco lui ce se raccapézza (lo capisce).

Nel ziélo (cielo)... esso volatile, coll'ali spalancate zirava (girava) a ruota sovra (sopra) de noi come 'na gran poiana e gridava: "Temete lo Diavolo-Demonio che s'annida en ogni creatura, travestito de bellezza! Come l'avveréte (avrete) reconosciùto recacciàtelo tosto nello so' inferno a castigare!".

E vum, vum, vum . . . Via che se n'è ito . . . Desparuto (sparito)!

L'Addamo innervosito! "Ma dico . . . è lo modo de portarte 'no messaggio?! Torna qua gallinaceo . . . rèstate almeno un àttemo, no? Dacce 'na spiegàta!"

E stravoltàto (stravolto) e me gridava: "Eva! Eva . . . ma chi l'è 'sto Diavolo-Demonio?".

Adamo, no' sta a criare che sémo (siamo) soli al mondo e ce sento benissimo, sa! Dev'essere quarcheduno che sta de contro allo Segnòre."

"E en do' sta Eva?"

"Dice che s'annida en ogni creatura . . . strasvetìto (travestito) de bellezza . . .'

"Quinci (quindi) Eva, anco dentro de me se pole annidare!" me fa.

"Beh—je facc'io tanto per farlo un po' tranquillo—anco derentro de me allora se pòl enfriccàre (ficcare—infilare)!"

"Sì Eva, l'è più facile che el stia derentro de te lo Diavolo-Demonio . . . strasvetìto (travestito) de bellezza..."

Io! Me potrebbe essere io lo Demonio trasvestìto de bellezza! Me son sentita avvampare de rossore che quasi me svenivo!

Bella! Donque, me vede bella!

L'avverèi (avrei) abbrazzàto (abbracciato). Glie sarebbe saltata al collo cridando: "Sì so' (sono) io lo bello Diavolo-Demonio e te strascinerò (trascinerò) allo enferno!".

L'enferno? Giusto . . . che l'è 'st'enferno?

Un loco.

Ma che loco?

Forse un enfràtto, 'na priggione dove s'ha da cazzàre (si deve cacciare) 'sto Diavolo per darce 'no castigo.

Dio, che me ci aveva combinato 'sto gallinaceo! 'Sto tontolone mio dell'Adamo mo' (adesso) vidéa el Demonio en ogni loco e co' mia se l'è presa en lo pezziore. Se stava jogàndo (giocando) in della nostra tana . . . come duo regazzini a rotolarsi abbrancàti (abbracciati) dentro l'erba e nell'estànte che me ha sollevata in le soe brazza . . . m'ha mollata de botto, anzi m'ha zettàta fòra dalla tana! M'ha descacciata (scacciata) de la caverna! "Fora (fuori)!—me cridava—Vatte de fòra (vattene fuori)! Vatte! Torna ne lo tuo enferno!" e s'è serrato dentro la caverna tappandose co' la steccionata.

"Ma te sè ammattìto?! No' far l'allocco . . . Io no' so' lo Diavolo, te lo ziuro!

Me ci ho provato a entrare . . . l'ho supplecato. Niente! S'era abbarrecato (barricato)!

"Adamo, no' lassarme sola . . . Sta scennéndo (scendendo) lo scuro . . . e no' so' capace de dormire sola! Me fa paura."

Niente, non m'ha responduto (risposto) pa' niente.

Me so accovacciata accanto la nostra tana . . . ho atteso . . . intante me sentevo un quarchecosa che lento, me saliva cca . . . a stringerme lo gargarozzo . . . Ma che d'è? . . . Che d'è?

El "dolore" . . .

È la prema volta che provo "el dolore".

Zerco de a piagnere un po' . . . che forse me consola. Non me sorte lacrima . . . e me cresce un magone sordo che me spacca el core.

Va via la luna . . . vien buia la notte . . . manco se vedono più le stelle . . . Uno zizzagàre emprovviso de lampi spacca el

zielo . . . Uno boato! E piove . . . piove a derotta . . . So' così
desperàta che non m'importa de correre a reparàrme.

Altre zizagàje (frecciate) de lampo. Vien giù tocchi de ghiaccio.
Che d'è?! M'acchiapa el freddo co' li tremori. Nun sento più le
mani . . . le gambe. Me lamento . . . "Ohoo" me lamento.

La steccionata se move.

S'è deciso alfine!

S'affaccia l'omo (uomo).

Oddio sto male . . . Me solleva . . . me porta ne la tana . . .
me strofina co' le foje (foglie) secche . . . me strofina dappertuto.
Me chiama . . . "Eva . . . " nun riesco a respónnere (rispondere).
Sono entorpedìta infino (perfino) en la léngua (lingua). Me
chiama gridando: "Eva! Eva!".

Che bello nome ce ho nella bocca sòa!

Desconvòlto (sconvolto) . . . m'abbrazza (m'abbraccia). Me
strigne (stringe). Me alita sul viso . . . me lecca la faccia. Piagne
(Piange).

L'omo piagne!

Piano piano me riaffiora el tepore. Me riesce, se pure con
fatica, de muovere le dita e le brazza. Lo abbrazzo anch'io.

Sento uno qualche coso che punza (punta) contro lo ventre
meo . . .

"Deo Santo che d'è Adamo?! È uno essere vivente?!"

Illo Adamo se descosta (scosta) appena: "Nun so'—responde
embarazzato—pur anco lo ziorno (giorno) passato me era
accaduto... e anco pocanze . . . quanno t'ho sollevara in fra le
brazza mie, quando se ziocava (giocava) . . . è per 'sta raggione
che te ho descacciata!".

"Ma che c'entro io co' quella tua propaggine che deventa
viscola (vivace) e se spigne in fòra (in fuori)?"

"Eva, me se spigne in fòra sortanto quando arrivi te sa (sai)
. . . specie se ridi . . . e puranco pè lo too (tuo) odore."

"È curioso alla risata e all'odore? . . . No' sarà uno morbo, 'na malattia? Che so: uno bubbone ridanciano?"

"No, non me da dolore. Anze! . . . Però me turba . . . me provoca gran calore infino nello capo"

"Calore nello capo? Allora nun debbe (deve) essere 'no fatto naturale. Adamo, penzi che ce sia de mezzo lo Demonio?"

"Sì . . . io penzo che sì Eva . . . Cotesto, creo che lo sia pruòprio lo Demonio istesso in della sòa perzona . . . Illo... travestito de bellezza!"

"Beh, nun esageramo . . . Nun me pare 'sta gran bellezza. Nun c'ha manco l'uocchi (gli occhi)!" "Ell'è chiaro che lo Diavolo è ciecato!"

"Allora comm'è che se rangalluzzisce (ringalluzzisce) pè me, se nun me vede?"

"Sarà che l'ammore è cieco!"

"L'ammore? De dove te sorte Adamo 'sta parola . . . che gimmai l'ho sentùta dire: l'ammore?"

"Nun so . . . m'è fiorita cussì . . . all'improvviso su le labbra mie . . . l'ammore . . . che sarebbe de quanno me sbotta 'sta voja (voglia) strabordàta (che straborda) de strìgnerte (stringerte) . . . de stroppizzàrte (stropicciarti) a rotolóni. Me viene de cridarte (gridarti): ammore!"

"Anch'ammé (anche a me) . . . me coglie 'sta stessa mattana. Ce proviamo un'altra strignùlata ("abbracciata" stretta)?"

E cussì (così) ce troviamo de novo abbrazzati a entorcicàrce (attorcigliarci) de giochi e de carezze. "Sentilo de novo 'sto Demonio come sponza (punta)! . . . E 'ndove se vole inficcare?" "Lassalo fare Eva . . . che vo' proprio véde do' (dove) se encammìna . . ."

"Deo! Vol enfriccàrse (ficcarsi) quaggiù! . . . Strigne! . . . Me manca lo respiro . . ."

"Nun te vojo (voglio) dar offesa, Eva—me fiata con fatica Adamo—ma io ce giurerebbe che en te . . . 'sta nasconduto (nascosto) 'st'inferno . . ."

Me sento abbrancare de pallore.

"E io, credo Adamo de savérlo (saperlo) in dov'è 'sto loco . . . che me ce sento lo foco (fuoco) proprio de lo enferno!"

"Ce dobbiamo l'obbedienza all'anzello de Deo che ci ha dicciuto (detto): "Non appena che avverete (avrete) recogniosiuto (riconosciuto) 'sto Demonio, recacciatelo ne lo so' enferno a castegare (castigare)! E casteghiamolo (castighiamolo) 'sto diavolone, casteghiamolo!"

Fora, el zielo (cielo) se spacca a fulmeni . . . sferzate de vento scénnono (scendono) a scatafàscio a intorcinàre (attorcigliare) l'alberi, che al paro (pari) de noaltri due se ambràzzano (abbracciano) infra li sospiri… l'acque rebolle fin dentro lo mare. Puranco li animali se azzittìscono . . . solo noi due se geme quasi mugolando.

Deo! Deo! Se lo Diavolo de l'Adamo ritrova tanta pazza gioia quanto eo (io), co' lo meo enferno . . . quando esso ce se empazza! Me ce engarbuglio tutta . . . no' me reuscirà mai de spiegàrve lo rebaltóne (ribaltone) . . . lo sfarfàllo . . . l'encròcchio . . . lo trastùllo . . . Che idea che te ce avuto Signore Iddio, de emporce a lui, all'Adamo, lo Demonio e a me l'enferno fondo! Che strameràcolo t'ha fatto meo Signore . . . Tu si 'nu Padreterno! Oh, alleluia, Segnòre! Alleluia! E anco: amen!

The Presumptuous Pig

*Quando il Signore Padreterno Iddio ha creato il porco, ha detto:
"Bene, speriamo di non aver combinato una porcellata.".*

*Il porco era felice beato della sua condizione. Lui, porcello,
maiale, porco, qualche volta chiamato anche verro... era
soddisfatto, allegro di avere così tanti nomi. Stava tutto il giorno,
insieme alla sua femmina a rotolarsi a sguazzare nello sterco, nello
smerdazzo, nel guano, nello scagazzo che faceva (produceva): ci
si sguazzava, gridava felice, ci faceva delle spanciàte, cantava e
rideva. Sguazzava non soltanto nel suo di smerdazzo, ma anche
in quello di tutti gli altri animali!, perché diceva: "Più puzza,
più qualità!".*

*Facevano l'amore a sbatti-sbatti che era uno scandalo osceno,
gridavano di piacere che sembrava che si scannassero!*

*Gli spruzzi e gli schizzi degli smerdazzi, arrivavano fino al cielo,
con tutti i rumori e le puzze, come scoppio di cloaca, che un giorno,
il Padreterno, fa per venire fuori da una nuvola . . . Puhaa . . . gli
arriva una spruzzata che per poco non lo lava tutto!* (Mima il
Padreterno che s'affaccia indignato dalle nubi) *"Ohi!, che cos'è?!
!Ehi, porcello! Ma tu sei proprio un porco! Ma non ti vergogni ad
andare a rotolarti in questa maniera a "sgrofón", a sbatti-sbatti e
a fare l'amore! Fra te e la tua femmina, siete proprio la zozza
schifezza del creato!"*

*"Ma Signore Padreterno . . . —balbetta, grugnando mortificato
il maiale—sei stato proprio tu che mi hai creato con questo sfizio*

godurioso di sguazzare nel fango dello scagazzo. Noialtri non ci pensavamo mica!"

"D'accordo, ma tu sei esagerato! Ci vai dentro senza creanza e con gransollazzo in questa boagna a farci l'amore. Ma dico, tu sei già nella merda, sta buono! No! Tu vai a cantare l'Eccelsis gloria a Dio!

Va bene . . . ad ogni modo, se ti va bene e sei contento di questa condizione, stacci pure tranquillo!"

"No, in verità Signore, non per supèrbia . . . non vorrei che ti offendessi . . . ma io non sono tanto soddisfatto della mia condizione."

"Cosa vuoi, che ti tolga via la puzza dalla merda?"

"No, sarebbe come cavare l'anima a un cristiano!"

"E allora, cosa vuoi?"

"Vorrei le ali!"

"Le ali?!"

"Sì, per volare!"

"(Ride divertito) Ahahaaa! Ma sei proprio matto! Ma ci pensi . . . tu che vai volando? Un porcello volante che va spargendo tanfo e smerdazzo per tutto il creato! Con gli animali di sotto che gridano:

Oh cos'è 'sto disastro!".

"No, non sarebbe spargere sterco, ma sarebbe un meraviglioso concime in ogni luogo . . . spargere salute e abbondanza per fiori, frutti e frumenti!"

"Ohé, tu hai Un bel cervello! Porcello, questo dello smerdazzo che va a concimare non lo avevo pensato! Bravo! Tu mi hai convinto. Ti farò le ali."

"Grazie Deo!"

"Ma soltanto a te, al verro... la femmina niente! A piedi!"

La femmina si mette a piangere disperata: "Ecco, lo sapevo... sempre contro a noialtre femmine! Me lo avevano detto che tu, Dio, eri un po' misògeno!".

Taci femmina e resta nel tuo sterco! Basta! Piuttosto tu, verro, se vuoi proprio portarti la tua femmina per il cielo, lo puoi fare: l'abbracci tutta ben bene e te ne vai volando."

"No, non posso Signore. È impossibile, perché io ho le braccia corte . . . siamo larghi . . . siamo con delle pance che non finiscono. Appena ci stringiamo abbracciati, con tutto lo smerdazzo che abbiamo addosso, intanto che voliamo, la mia scrofa mi scivola dalle mani e slitta fuori . . . Puhaam . . . precipita . . . si spiaccica per le terre e io resto senza femmina!"

"Ehee, ma tu pensi che io possa farti le ali senza aver avuto il pensiero prima della soluzione?"

"Che soluzione?"

"Facci caso, io ti ho fatto apposta un pindorlone tutto sbirolo come un cavaturacciolo . . . tu ti abbracci la tua femmina e glielo infilzi profondo, agganciandola d'amore e puoi andar volando anche senza mani! Non la devi tenere!"

"Grazie Dio! Non ci avevo pensato!"

"Bene, poniti in ginocchio che faccio questo miracolo meraviglioso!"

Il Signore volge gli occhi al cielo, fa un segno con la mano santa e . . . sfrum, sfram . . . sulla schiena del verro spuntano le ali meravigliose, d'argento! La femmina lo abbraccia e dice: "Ohi, è nato l'angelo dei porcelli!" Dio dice "Fermati, non andare di fretta C'è una condizione stai attento le ali sono legate con la cera!"

"Con la cera?"—fa il porco—"Come quelle di Icaro?"

"Sì, hai indovinato?" Ma cosa ne sai tu di Icaro?"

"Non dimenticare che noialtri porcelli siamo dentro tutte le favole di Fedro!"

"Ohi!., abbiamo un porcello classico! Chi l'avrebbe mai detto! Allora conosci bene quello che è capitato a Icaro che volando verso il sole gli si sono sciolte tutte le ali ed è sprofondato per terra, e s'è tutto rotto! Quello può succedere anche a te. Attento, allora!"

"Sì d'accordo"

E vola via il Dio.

Il porcello e la sua femmina restano lì un momento: il porcello prova a volare, (mima i tentativi di volo del maiale) *fa un giro, gira di nuovo: "È un piacere!".*

"Ferma aspetta, abbracciami, infilzami!"

Proock... Svrip svop, svuom . . . fra le nuvole volano.

La femmina grida. "Che meraviglia! Mi sembra d'essere in paradiso!"

"Paradiso? Tu hai ragione, andremo in paradiso, io e te!"

"Ma no, non si può. Non dimenticare cos'ha detto Dio Padreterno . . . che c'è il sole . . ."

"Ma non c'è bisogno d'andarci con il sole! Aspettiamo che ci sia il tramonto, andremo con lo scuro, quando è notte.

"Tu hai davvero un cervello! Ma come faremo a prendere la rincorsa tanto da arrampicarsi, tutti abbracciati lassù?"

"Basta fare una scivolata!"

"Come, una scivolata?"

"Prima ci spargiamo... belli unti di grasso e di smerdazzo. Andiamo, ecco, qua, vieni, vieni, vieni, andiamo sulla salita lunga che c'è su questa montagna scivoliamo giù per le valli, vai, vai, vai... Stringimi! Vai, attenta che allargo le ali!" Puhaa! Ieheee!"

Salgono, salgono, salgono, cala un meraviglioso alito di vento che va e che tira e che arriva in fondo, saltano (superano) la luna e arrivano in paradiso.

Appena sono in paradiso, oh Dio, Dio meraviglioso! C'è la femmina che quasi sviene, ci sono dei frutti!, ci sono delle pesche! delle ciliege! grandi, grandi... oehu che grandi! Sembra che ci si possa stare dentro in due abbracciati a sguazzare nella polpa: "Guarda quello, pare una cupola di cattedrale, che meraviglia!, andiamo dentro!". Puhaa! Vanno dentro, si rotolano, si stringono, fanno l'amore, gridano.

Intanto in quel momento, apprèsso, (vicino a loro) ci sono tutti i santi del paradiso e gli angeli che cantano le glorie del Signore (esegue un canto liturgico con stonature in falsetto): *"Oheu che puzza!"* (si guarda attorno, continuando a cantare) *"Che tanfo tremendo!"* (c.s.) *"Ma chi stona?!—arriva il Padreterno—Che puzza tremenda! Chi è che ha scoreggiato?"*

E tutti si voltano a guardarsi intorno e allora, il Padreterno dice: "Ohi, so ben io da dove viene questa puzza "sgragagnàda" (schifosa)! È il tanfo di 'sto maiale porcello che è venuto qui, in Paradiso, e che si è infilato di sicuro dentro i frutti! Allarme, allarme! Santi e beati, acchiappatemi il porcello e la sua femmina! Chi di voi santi riuscirà a prenderli, gli farò un cerchione d'aureola come una cupola! Via!".

Gli angeli suonano le trombe: tàtàtàtàtàtàààà! Tutti corrono, vanno! Sembra di essere alla caccia del cervo!

E subito c'è la femmina che sente gridare: "Andiamo, scappiamo, lanciamoci giù per la terra!". Si abbracciano, con le ali strette, cadono a picco: "Uuuahaaa!".

Apri le ali adesso . . . siamo dopo la luna!" Puuhuaa!, si spalancano le ali . . , qualche piuma vola via . . . ma tiene, tiene, tiene!

"Siamo salvi, il sole non è ancora spuntato! Non è ancora spuntatooo!" Praamm! Il sole non è ancora spuntato ma spunta il Signore Padreterno da una nuvola: (sghignazza) *"Ahaahaa, porcello! 'Cosa credevi tu? Sole! Spunta!".*

No, non vale padre! Non è nelle regole, è contro la natura . . . l'equilibrio del creato!"

"Sono io l'equilibrio del creato! Io faccio le regole, e faccio spuntare il sole come e quando mi pare!"

Wuuomm! el sole viene fuori: "Bruciagli le ali!" ordina Dio. Bruuhaa . . . arriva una frecciàta sopra le ali, brucia, bollono . . . cotte! Vanno via le piume, le penne vanno via, il porcello resta senza niente, come un pollastro . . . precipita: "Uuhaaaa! Ci spiaccichiamooo!".

Meraviglia di tutte le meraviglie!, vanno a sbattere, a sprofondare in un mastellone pieno di melma, fango, scagazzo . . . Pruuahaaa! Pruumm! Tutti gli spruzzi della merda sono sparati in alto, nel cielo. Il Padreterno si sporge a controllare la caduta del porcello . . . di colpo si scansa che per poco non ne veniva investito.

E pruuhaamm . . . Prooff . . . Puhaa . . . Sciaffrrr . . . Vuuaa . . . Ploploplo . . . Plo. ..Glo . . . Gloglogloff.

Il porcello esce dal mastellone: glogloglo . . . Ha tutto il naso schiacciato con i due buchi, che gli resta per l'eterno, schiacciato per punizione di quel volo . . . proprio come adesso.

Piange, piange il porcello: "Dio!, che punizione tremenda che mi hai dato! Le mie ali meravigliose! Verra mia . . . non andrò giammai più in paradisooo!"

La femmina lo acchiappa e lo tira dentro nello smerdazzo: "Vieni, bel porcone! Vieni con me abbracciato e accontentati, che ognuno ha il suo paradiso!".

Hats and Caps

Il Padretemo, dopo tutti i tribolamenti che gli erano capitati nel creare il mondo, gli animali e gli uomini; e poi, la cacciata da paradiso, casciare varie e altri problemi, si era stancato da morire. Così se ne era andato a riposare.

Si era invecchiato il Signore . . . gli anni passano anche per lui, pure se è eterno.

Un pomeriggio, è lì tranquillo che dorme beato, quando: TRABULA! BOAN! PAM!

Un fracasso infernale di scoppi e botti, lo risveglia all'improvviso: "Dio! Cos'è?". Bestemmiano, grida da bestie, insulti, un baccano che spacca il cielo e tutte le nuvole! "Pietro, Pietrooo! -urla di gran voce il Padre—Cos'è questo pandemonio? Cosa stan combinando 'sti cherubini e gli arcangeli? Chi si è permesso d'andare a rotolare i pietroni miei per provocare il temporale? E poi ho già ordinato che non voglio vedere gli arcangeli che giocano e la morra e ai dadi con i beati, che finisce sempre che litigano e sbattano a bordello. Ma che è un paradiso questo? Lasciatemi dormire, per dio!".

"No santo Padre! Non sono le genti del paradiso a far chiasso, sono gli abitanti della terra che stanno sempre a scazzottarsi."

"La terra? E che cos'è 'sta terra? Chi sono 'sti 'agguerrati'?" Beh, voi l'avrete già indovinato, il Padreterno è invecchiato di molto e un po' frastornato . . . quasi al rincoglio.

E Pietro con pazienza gli dice: "Padre, tu li hai creati gli uomini, a cominciare da Adamo e Eva!"

"*Ah, sì! Ora ricordo! Adamo con il fango, l'ho modellato così tirandolo fuori da un papocchio di creta. Sopra ci ho messo una testa tonda così . . . e poi due buchi per gli occhi e due palle tonde dentro, e uno svirgolo per il naso . . . e due buchetti per le narici, e due altri buchi per gli orecchi . . . uno per la bocca, così . . . (come parlasse ad Adamo) Eh non azzannare a morsi con 'sti dentini!*

E qui ti faccio il collo e le spallette . . . e giù con le braccia e il gomito; e le dita te le faccio proprio come me . . . (conta le sue dita) uno, due, tre, quattro, cinque . . . cinque anche a te. E la pancia, l'ombelico . . . e poi il pisello, i coglioncini, le chiappette, le gambe, le ginocchia . . . i piedi . . . eccoli qua, ti faccio anche questi di cinque dita.

Va bene, ci siamo!

Ora respira Adamo: FUOF, ti soffio il fiato. FUOF . . . respira . . . muoviti, cammina . . . vai così, vita, vita Adamo . . . Oh . . . ooh . . . ooh . . . eh . . . eeh . . . aah . . . aah. Viitaa!

Ooh . . . Ecco!

Monta dentro questa tinozza . . . aspetta che ti ci metto l'uva, . .

Guarda che bei grappoli d'uva! Pesta-premi-schiaccia-sprizza il vino!

Vitae vino!

Adamo-Eva-Uva-Vino!

Vedi che ora mi ricordo tutto?"

"*Sì, tutto, Signore . . . Solamente che questo fatto del vino viene dopo; quel miracolo lo devi ancora fare, per ora! Avverrà solo quando nascerà Noè, fra tanti anni!*"

Così in ritardo? Maledetto! Allora mi sono sbagliato! Madonna che guaio ho combinato! Ad ogni modo . . . raccontami che gli prende a questi uomini. Da dove nasce questo fracasso? Vai a darci un'occhiata, Pietro!"

"*Con il vostro permesso, ci sono già stato e ho scoperto che gli uomini*

*si sono divisi, separati, in due frazioni, come a dire in due gruppi:
quelli d'un gruppo hanno messo in testa un cappello ciascuno."*

"Un cappello? Che cappello?"

*"Cappelli a scelta: a tubo, a bombetta, rigidi, e anche ad elmo.
Gli altri, hanno calzato un berretto:*

Berretti morbidi, flosci, coppole e coppolette."

"E perché queste coperture?" domanda il Signore.

*"Per fare la differenza tra gli uni, quelli del cappello, che hanno
scelto il mestiere di giudice, avvocato, notaio, prete, mercante,
generale, cardinale." —"Ho capito! Professione di concetto. E gli altri
con i Berretti e le coppole, che fanno?"*

*"E che vuoi che facciano! Faticano: contadini, villani, muratori,
fabbri, carpentieri e pescatori. E dalla loro parte c'è pure qualche
prete malandato e qualche frate impazzito."*

"Il pandemonio da dove nasce?"

*"Dal fatto che quelli con i Cappelli vogliono comandare su quelli
dei Berretti: e fai qua, e fai là, e noi facciamo le leggi. E allora ai
Berretti non gli va di star sotto a faticare e zitti! -Basta!- Hanno
urlato:—*

*Qui mangia solo chi lavora con sudore!—Ma anche noi lavoriamo
. . . di spirito, sulla ragione e sul concetto!—E voi mangiatevi il
concetto, la ragione e, per companatico, lo spirito e santo!".*

*"Ah! Pure bestemmiatori sono questi Berretti!—Si indigna il
Padreterno—E adesso basta! Ci penso io! Come è vero che io son
Dio, per dio! Scendiamo in questa terra!".*

*Pietro, con quattro angeli con le trombe d'oro, gli fa strada.
Arriva già e fa una gran chiamata di tutti a raccolta: "Ora mettetevi
in ginocchio, uomini, donne e ascoltatemi, parla il Padre vostro che
è qui, di persona!".*

*"Uomini dei Berretti e dei Cappelli–dice il Sgnore- Basta con
queste violenze, grida e ammazzamenti. Guardate, metto tutto*

dentro un sacco; ci metto tutto il potere della terra, che è assai grande: il diritto di comandare su tutto e di fare regole sulla religione, sulle terre, sul mercato e le guerre e anche quello che di sicuro ho dimenticato. Ecco. Attenzione! Prendo questo sacco e lo sistemo sulla cima di quella montagna, e chiarriva per primo, cappelli o Berretti, tutta questa grazia di Dio sarà sua in eterno e guai a chi protesta. Ah, dimenticavo! Chi guadagna questa corsa, imporrà ai sottomessi, anche la sua parlata, il linguaggio suo, quella sarà la lingua che conta, quell'altra sarà un dialetto, come a dire una schifezza.

Ricordate! La corsa parte all'alba. State pronti. Il segnale sarà un fulmine in cielo che vi stordirà le orecchie.".

E' ancora notte fonda, e già tutti sono pronti per partire. In prima fila ci sono quelli dei Cappelli in groppa ai loro cavalli.

Tutti sono seri, tronfi e impennati. Sopra le carrozze a sei cavalli ci sono le donne con le loro vesti ricamate, i capelli arricciolati. Di contro, quelli dei Berretti, arrivano in groppa agli asini e ai muli e sopra i birocci sono caricate le loro donne e bambini.

Il Padreterno, disteso su una nuvola, si gode lo spettacolo: "Guarda Pietro come sono partiti a fulmine quelli dei Cappelli! Ma che stanno facendo quelli dei Berretti? E adesso che la strada monta, scendono dagli animali per non fargli far fatica. Ma quando ci arriveranno mai quelli alla montagna?".

Quando è mezzogiorno, i Cappelli sostano sotto gli alberi, bevono, mangiano, si sbracano e qualcuno fa anche l'amore. Finalmente arrivano anche i Berretti e li superano senza fermarsi. "Lasciali andare innanzi -dicono i Cappelli—che tanto li acchiappiamo comodi in un fiato."

Cammina, trotta, i Berretti arrivano a un gran fiume. Il capintesta di questa carovana grida:

"Fermatevi!" e con una pertica va nell'acqua dentro la corrente e l'affonda per misurare il guado:

"Saliamo a monte! -ordina- Qua è troppo fondo.". Piano, piano, *con fatica, tutto il gruppo si arrampica più in su, tirano funi da un capo all'altro del fiume e approntano chiatte per caricare anche i carri. Di botto si sente uno scarpicciare di cavalli e un suonar di trombe e gran sghignazzi; sono arrivati i Cappelli:* "Eccoli i Berretti rintronati! Che trappole combinate? Avete il terrore di buttare a mollo il sedere?" *E senza fermarsi per un fiato, con le carrozze e i cavalli, si lanciano nell'acqua ad attraversare. In mezzo alla corrente sprofondano, le carrozze si squarciano:* "Aiuto! Si va a picco! Aiuto! Aiuto!" *Gridano i Cappelli, nitriscono i cavalli, scalciando con le zampe nel terrore, sprofondano nelle acque che montano spumeggiando:* "Aiuto! Aiuto!" *E già gorgogliano i generali speronati, si sbattono gli avvocati sotto i carri squarciati:* "Aiuto! Aiuto!" *Grida un cardinale aggrappato a un gran messale gorgogliando quasi in canto gregoriano. I Berretti, dall'altra sponda, assistono a questi annegamenti da frullata:* "Guardali i Cappelli! 'Sti montati! Tutto il rigonfio pompato di boria non è abbastanza per tenerli a galla . . .".

"Bisogna che gli diamo una mano . . . almeno per i piccoli e le loro donne!" *fa qualcuno.*

"Aiuto!" *Gridano i Cappelli disperati, ripieni d'acqua come otri.*

"Tiratevi fuori da soli, che siete così d'ingegno!"

"Aiuto! Aiuto! Ma che vantaggio ne avrete . . . glu . . . glu . . . glu . . . Berretti, vincendo la corsa per il potere . . . glu . . . glu . . . una volta che noialtri saremo tutti annegati a picco . . . glu . . . glu . . . glu . . . su chi comanderete? Salvateci per bontà di Dio . . . Vi facciamo giuramento che, una volta salvati, noialtri ritorneremo indietro da dove siamo venuti . . . e voi sarete i padroni."

"Ci date la parola? Giurate!"

"Parola di gentiluomini!" *Gridano in coro i Cappelli e presto i Berretti lanciano funi e spingono chiatte . . . e lanciano pertiche . . . In breve tutti i Cappelli sono salvati stravaccati sulle rive a vomitar l'acqua ingoiata.*

Assiso lassù sulla sua nuvola, al Padreterno gli viene un gran magone, gli lacrimano gli occhi:

"Guarda! Devo proprio dire che questi Berretti sono davvero buoni cristiani!"

"Buoni cristiani—fanno eco i Cappelli salvati- Già che ci siete preparateci anche un fuoco per asciugarci e qualche vestito asciutto, almeno per le nostre donne inzuppate e i figlioli!"

Detto fatto . . . I Berretti giungono con gli abiti, accendono il fuoco, gli lasciano cesti con roba da mangiare e dicono: "Beh, buona notte. Noi andiamo a dormire, siamo stracotti. Dormite bene pure voi."

Monta la luna, il Padretemo già dorme profondamente. Quando spunta il sole, i Berretti si rizzano all'impiedi: "E dove sono i Cappelli? Sono spariti? Se ne saranno ritornati a casa come ci dicevano!"

- "No . . . guardali . . . lassù! Stanno già sulla montagna!"

"Si sono fregati i nostri muli e pure i buoi . . . !"

"Maledetti! Manca parola . . . traditori!"

I Cappelli di lassù, arroccati, sventagliano il sacco: "E di che vi lamentate! Il sacco èvostro! Noialtri ci teniamo solamente quello che è dentro! Beh . . . Beh . . . Berretti, Berretti, becchi e pecoroni! Vi abbiamo fregati!"

E giù una cascata di pernacchi che sembrano sparacchi di botti a carnevale. "E no! Non vale! Signore Iddio grandissimo! -sbraitano i Berretti disperati- Tu ci sei testimone! C'è stata truffa! Questa corsa si deve annullare!"

Il Signore si sporge dalla sua nuvola: "Zitti! Berretti e statemi ad ascoltare. Voi avete un contratto che quelli, una volta salvati, se ne sarebbero andati?".

"No, si era d'accordo sulla parola!"

E il Padreterno scuote il testone: "Berretti, avete ragione, 'sti

Cappelli sono davvero una masnada di malandrini e spergiuri infami. Ma voi siete per davvero i campioni degli allocchi, becchi, ciuchi e anche un po' cornuti! Ma possibile che basta una lacrima e un lamento che subito piombate nel sentimento? Ben vi sta, vi deve servire 'sta lezione! E insegnarvi in assoluto che fidarsi sulla parola dei Cappelli è proprio da coglioni da schiattare!".

The Dung Beetle

Lo scarrafóne, stercorario, andava spingendo questa ammucchiata enorme, puzzolente, rotonda, di sterco, la rotolava e cantava felice:

"Com'è . . . tonda . . .

Io sono lo spingitore,

Ahhh! Ehh! Ahhheeé!

Che spinge 'sta palla di sterco!

Iheé! Ahhaà!

Girooo!

Gira la terra, il sole, i pianeti e la luna.

Girano le stelle e le comete!

Oh come gira!

Gira il mondo, gira ogni cosa, gira e rotola . . .

solamente questo stronzo fermo sta!

Corre, corre, corre . . .

che fatica, che sudore . . .

Andiamo! Ihé ihé ihé!

E andiamo, tralallà."

Si sente gridare: "Aiuto! Aiuto! . . . Mi uccide! Come faccio io? Ah! Ahaaa!".

"Ma chi è?" E appare questo coniglio. Arriva e si blocca. (respira velocemente) *"Aha! Aha! Aha!"*

"E cos'è?"

(Terrorizzato, indicando il cielo) *"Guarda! Guarda! Guarda là . . . l'aquila!—in un momento, un'ombra lunga, nera attraversa il terreno—Va cercando me, mi vuole uccidere, se tu non mi salvi! Aiutami! Salvami! Fammi da protettore!"*

"Io? Protettore io?! Ma io sono l'ultima creatura del mondo! Mi pigli per coglione?"

"No, io ti rispetto, stercorario! Bacio le mani! Io ti nomino davanti a Dio, tu sei il mio protettore! E basta così!"

"Se lo dici tu! D'accordo. (Alza la voce) Sono protettoreeee!! Tutta gente, fate attenzione! Sono il protettore eletto davanti a Dio!"

L'aquila gira tondo-tondo, si lancia all'impicchiata, afferra il coniglio: "Gniakke!, con la punta del becco, sulla testa!".

"Aquila!, stai buona! Raffrena! Frena, scostati, ferma stai! Arretra che io sono il protettore!"

"A chi? Lo scarafone? Ahaa! Ahaaaa! Aahahaha! Lo scarafone è protettore?! Spingimèrda! Abbràcciati il suo strónzo e scansati!"

Con una zampàta d'unghie, squarcia il coniglio . . . apre . . . succhia le budelle . . . vola . . . poi ritorna. Nel giro . . . un pernacchio fetente con il culo . . . prach! Una sbruffata in faccia allo scarafone, e via che se ne va.

"Aquilaaa! Tu mi hai offeso, io sono stato fatto protettore! Dio! Dio! Dio! Gesù! Voglio soddisfazione! Gesù, mi senti? Aiutooo!"

Da una nuvola . . . zac!, spunta Gesù inchiodato in croce: "Chi sei?"

"Non mi riconosci? Sono lo stercorario!"

"Lo stercorario . . . ah, lo scarrafóne! E che è successo?"

"L'aquila è atterrata addosso al coniglio . . . povera creatura! Quello mi ha nominato protettore. Io protettore? (riassume in grammelot:, velocemente tutta la vicenda) *D'accordo . . . Arriva l'aquila . . . Stai indietro! Ah, ah . . . una risata . . . sgnaf . . . l'ha squarciato, sconnesso! Davanti a me, il protettore! Tu devi fare*

giustizia, non dico per me, che a prender merda ci sono abituato, ma per il coniglio, meschino animale, così divelto, sbudellato! Bisogna che giustizia tu gli faccia!"

"Scarafone, tu sei un animale indifeso e "meschineddo", d'accordo, ma è possibile che per ogni situazione, dovete sempre chiamare noialtri santi, Madonne e Dio Padre perché si faccia raggione? Ripeto, tu sei piccolo assai, ma che forse tieni le braccia inchiodate come me? I piedi inchiodati? Accecato sei? E allora! Chi vuole giustizia, se la faccia! E anche io, inchiodato in croce non sarei se avessi fatto quello che sto dicendo a te! E rammenta, che tu tieni un cervello! Fallo ragionare e ricòrdati che tu sei rotolatore . . . Guarda dove vola il fetente!"

E via che, tutto inchiodato com'è alla croce, se ne va volando come un uccello: un angelo di legno.

Lo scarrafóne ragiona: "Dice che io sono rotolatore . . . e di guardare dove vola il fetente? Ho capito! Folgorato sono! Oiéh!"

Guarda l'aquila nel cielo che gira e vola sopra una montagna e si ferma su un picco: là c'è il nido suo!

Lo stercorario si pone in cammino verso la montagna. Cammina... vola con le sue alettine e dopo due giorni giunge in cima . . . dove c'è il nido.

Dentro il nido c'è l'aquila che cova. Lo scarafone aspetta che l'aquila si muova volando intorno.

Salta dentro al nido: "Che belle uova! Due!". È arrivato il rotolatore! Zak!, spinge un uovo, lo fa rotolare . . . pluk, come fosse merda . . . pluk! Fuori . . . plic . . . rotola in fondo!

L'aquila in alto dal cielo: "L'uovo! Il piccolo mio!!! Me l'ha ucciso! Maledetto scarafone, t'ho visto!".

Lo scarafone gira l'altro uovo . . . Ahiaii! . . . pliak . . . pliak . . . una frittata per dodici!

L'aquila si getta a picco: "Maledetto! Se t'acchiappo!".

Quello ... plaff!, si ficca dentro una fessura, un anfratto stretto della montagna: "Sono qua! Mi vedi, non mi vedi! Mi vedi, non mi vedi! Sono qua, aquila! Vieni dentro a prendermi!". L'aquila spinge tutta la zampa con le unghie e resta incastrata. Si tira fuori, si graffia, tutta insanguinata, si intrufola con il becco: "Maledetto!"—"Sono qua!".

Trascorre tutta una notte. Nello scuro, lo scarafone esce e ritorna nel deserto, l'aquila lancia grida disperate: "Non posso farmi cancellare tutta la mia razza!" e così vola su un'altra montagna molto più alta, dove c'è la neve e il ghiaccio: "Voglio vedere se giunge fino qua, lo scarafone!".

Ci fa il suo nido, scodella le due uova, con un freddo tremendo, s'intirizza, va a volare, volare per scaldarsi un po'. E lo scarafone: ptum, ptum, ptum (ansimando) "Aha, aha, aha!" sbatte le zampette per scaldarsi ... di nuovo, salta nel nido e rotola le uova ... swam, pua, tra, pua, tra!, si crea una valanga tremenda! "Noooo! Le mie uova!". Si avventa l'aquila. La valanga si spiaccica.

Dalla montagna, si getta pure lo scarafone nella neve, rotola: si forma una valanghina, poi una valanghetta, una valanga, un valangone, arriva al fondo ... bbllaakk!, si disfa e lo scarafone ne esce imbiancato.

L'aquila volando: "Dove sei? Maledetto stercorario! Dove ti sei cacciato?".

Ma così sbiancato, non lo vede. L'aquila disperata: "Chi mi salva ora? Chi mi aiuta? Vado a lamentarmi dal Padreterno! No, da Dio non posso! Non posso, che il figlio suo s'è messo dalla parte dello scarafone! Non posso mettere padre e figlio l'uno contro l'altro. Vado dall'imperatore, quello è obbligato ad aiutarmi!".

L'imperatore sta in cima a una torre e guarda giù contento e dice: "Che bel regno che tengo. Quello è mio ... tutto mio!".

L'aquila ... voom ... si posa sulla sua spalla. "E che c'è?"

"*Sono io imperatore, l'aquila, non mi riconosci? Io sono il tuo simbolo regale!, il tuo emblema!*"

"*Ah sì . . . l'aquila! Ti confondo sempre con il corvo.., non ti offendere . . . tu sei il mio onore, il mio segno glorioso, tu stai sulle mie bandiere, perfino sulla testa dell'elmo mio! E cosa è capitato? Che posso fare per te?*"

"*Avevo azzannato un coniglio che era protetto da uno scarafone . . .*"

"*Uno scarrafóne . . . come a dire uno spingimèrda?*"

"*Sì, quello!*"

"*Non avevo mai saputo che fosse un protettore!*"

"*Neanche io . . . fatto sta, che io gli ho ucciso il suo protetto, e quello, giorno per giorno, ha scaraventato giù le mie uova dal nido . . . e i piccoli miei, spiaccicati, una volta, due volte . . . una fracassata d'uova! Tu mi devi proteggere, salvare!, che possano nascere vive, dalle uova, le mie creature . . . altrimenti, il tuo emblema è finito! Sulle tue bandiere ci metti un corvo e sopra il tuo elmo ci piazzi un bello scarafone rampante!*"

"*Va beh. Siediti qua, in grembo all'imperatore e fai le tue uova, partorisci qua. Spingi . . . forza che esce uno . . . due uova! Che bellezze . . . sono calde! Fai sentire, sono fresche? Sono gallate? Se no te le engallavo io!*

Va bene, va pure a volare tranquilla che io le covo."

L'aquila vola, vola intorno, vola e se ne va.

L'imperatore sta seduto, si accarezza le uova nel suo grembo: "*Voglio vedere se lo scarafone ha il coraggio di venire a rotolarmi le uova fin qua!*".

Ma lo scarafone non sente ragione e, anche lui, vola, abbrancando una palla di sterco grande assai. Vola in alto nel cielo, sopra la torre e, quando giunge sopra all'imperatore, ammolla la mappata tonda di sterco . . . Ahaaaa che va a cascare giusto nel grembo dell'imperatore, in mezzo alle uova:

"*Cos'è? Aha, merda!*". *E l'imperatore di scatto si rizza all'impiedi. Le due uova rotolano giù per la torre, fino in fondo . . . sgniak . . . spiaccicate!*

(Canta lo scarafone):

> "*Àhie, àhie, àhie,*
> *le uova giù discendono . . .*
> *Àhie, àhie, àhie,*
> *si fracassano al fondo!*
> *Àhie, àhie, àhie,*
> *non le salva l'imperatore.*
> *Ahie, àhie, àhie,*
> *si è fatta una gran frittata!*
> *Àhie, àhie, àhie,*
> *lo scarafone l'ha avuta vinta!*"

Morale. Come nel finale di tutte le buone favole: "*Ricorda, se tu vuoi schiacciare sotto il piede una creatura, anche se quella è piccola così, ripensaci e sta accorto: è assai meglio che tu la rispetti, soprattutto se spinge merda.*

The Story of the Tiger

Quando siamo discesi dalla Manciuria con la Quarta e l'Ottava Armata, la Settima quasi intiera, si camminava strascicando i piedi giorno e notte; mi gliaia, migliaia eravamo, carichi di fagotti, sporchi e affaticati e andavamo avanti con i cavalli che non resistevano e morivano e mangiavamo i cavalli, mangiavamo gli asini che crepavano, mangiavamo i cani, si mangiava, pur di mangiare, anche i gatti, le lucertole, i topi! Che dissenteria ci veniva! Che si defecava in una maniera che credo che per secoli in quella strada crescerà l'erba più alta e grassa del mondo!

Si crepava che ci sparavano i soldati di Chang-Kai-Schek . . . ci sparavano questi banditi bianchi, ci sparavano dappertutto ogni giorno . . . in trappola finivamo . . . ci aspettavano dietro ai muri nei paesi, ci avvelenavano l'acqua e si moriva, moriva, moriva.

Siamo arrivati anche oltre Shanghai, siamo arrivati giusto, che si vedeva alta davanti la montagna dell'Himalaia.

E lì i nostri capi hanno detto:

« Fermi che qui ci può essere una trappola, una imboscata . . . ci può essere sopra in cima qualcuno di quei banditi bianchi di Chang-Kai-Schek che aspettano che noi si passi nel canalone. Quindi tutti quelli della retroguardia andate là sopra e ci fate guardia mentre noi passiamo. »

E noi ci siamo arrampicati, arrampicati in cima a queste vette, alle creste ad aspettare di lassù che non ci fosse qualcuno che ci sparasse nel culo. E loro, i compagni nostri passavano, passavano, passavano e noi li salutavamo:

« *Tranquilli che ci siamo noialtri a curarvi . . . Andate, andate, andate!* »

Passa quasi una giornata di passare-passare, finalmente tocca a noialtri. Discendiamo.

« *E adesso chi guarda il culo a noialtri?* »

Discendiamo con paura, guardando in fondo valle; quando siamo dentro al canalone, di colpo, saltano fuori di lassù questi banditi, incominciano a spararci contro: PIM PIM PAM . . . ho visto due sassi grandi, mi sono buttato in mezzo (tra i due), coperto e sparavo: PAM! Guardo . . . avevo la gamba, quella sinistra, fuori allo scoperto:

« *Boia, speriamo che non me la vedano.* »

PAM!

« *Me l'hanno vista. Mi hanno beccato in pieno la gamba, con una pallottola, trapassata da parte a parte, sfiorato un testicolo, preso quasi in pieno il secondo, che se ne avevo un terzo me lo spaccavano!* »

Un dolore!

« *Boia — ho detto — m'hanno beccato l'osso!* » *No, l'osso era salvo.*

« *M'hanno preso la vena grande . . . no, non esce sangue.* »

Ho schiacciato, schiacciato per fare uscire il sangue. Ho provato a camminare piano piano, riuscivo a camminare un po' zoppicando. Ma due giorni dopo è incominciata la febbre, febbre che mi faceva battere il cuore, fin dentro il ditone del piede: TUM, TUM, TUM. Il ginocchio si gonfiava, e anche un grande rigonfio all'inguine.

« *C'è la cancrena! Cancrena maledetta!* »

Col sangue marcio, cresceva tutt'intorno un cattivo odore e i miei compagni mi dicevano: « *Stai un po' indietro che puzzi troppo.* »

Hanno tagliato due canne lunghe, di bambù, di otto metri, anche dieci. Due miei compagni si sono sistemati, il primo in testa e l'altro in fondo, tutte e due con le canne in spalla. Io mi sono messo in mezzo appeso per le ascelle, e camminavo appoggiando appena i piedi.

Loro andavano con la faccia per aria, e il naso tappato per non respirare il tanfo.

Siamo arrivati una notte vicino a quello che era il grande « mare verde », per tutta la notte avevo gridato, bestemmiato, chiamato la mia madre. La mattina, un soldato mio compagno che avevo caro come un fratello, ha cavato fuori una pistola enorme, l'ha piantata qui (Indica la tempia):

« Troppo ti lamenti, troppo veder soffrire non si può, dammi retta . . . una palla soltanto ed è finita. »

« Grazie per la solidarietà e la comprensione, capisco la buona volontà, sarà per un'altra volta, non ti disturbare, mi ammazzo io quando sarà il momento. Voglio resistere, voglio! Andate pure che tanto non ce la fareste più a trascinarmi. Andate via, andate via! Lasciatemi qui una coperta, una pistola che la tengo io, e un po' di riso in una scodella! »

E se ne sono andati. Sono andati. E quando camminavano impantanati in 'sto « mare verde » io ho cominciato a gridare:

« Ehi compagni, compagni . . . boia! . . . Non dite alla mia mamma che sono morto marcito, ditele che è stata una palla, intanto che ridevo! Ehi! »

Ma non si voltavano, fingevano di non sentire per non girarsi a farsi vedere, perché sapevo bene: avevano tutta la faccia rigata di lacrime.

Io mi sono lasciato andare per terra, mi sono avvolto tutto nella coperta, e ho inominciato a dormire.

Non so com'è, nell'incubo di un sogno, mi sembrava di vedere il cielo pieno di nuvole che si spaccavano e come un mare d'acqua che scendeva. PRAAMMM! Un gran tuono tremendo! Mi sono svegliato. Era davvero un mare: una tempesta, a rovescio tutta l'acqua dei fiumi si buttava a valle, i torrenti scoppiavano, l'acqua: PLEM, PLUC, PLOC, PLAM, cresceva in basso mi montava fino al ginocchio.

« Boia, invece che marcito finirò annegato! »

Mi sono arrampicato via, via, via, su una rampa scoscesa che montava nel ghiaione, con i denti nei rami per tenermi aggrappato; le unghie mi si sono spaccate. Una volta montato sul dosso, per attraversare il pianoro, mi sono messo a correre, strascicando la gamba come morta d'un gioppino, sono saltato dentro ad un torrente e nuotando, nuotando, a forza di braccia, dall'altra parte sono arrivato, mi sono arrampicato sulla sponda, e all'improvviso davanti a me c'era . . . ohi! una grotta grande, una caverna. Mi sono buttato dentro:

« Salvo! Non morirò annegato . . . morirò marcio! »

Mi guardo intorno, è scuro, mi abituo . . . vedo delle ossà, una carcassa di una bestia mangiata, una carcassa enorme . . . uno sproposito!

« Ma chi mangia in questa maniera qui?! Ma che bestia è questa!? Speriamo che abbia fatto trasloco, lei e tutta la famiglia, che sia annegata con l'acqua che viene giù, con tutti i fiumi. »

Beh, vado sul fondo della caverna . . . mi sdraio. Ho incominciato a sentir battere di nuovo: TUM, TUM, il cuore fin dentro il ditone dei piedi.

« Muoio, muoio, muoio, vado a morire. »

All'improvviso, nella luce grande all'ingresso della caverna, vedo un'ombra, come intagliata nel chiaro. Una testa enorme. Ma una testa! Due occhi gialli con due righe nere per pupille . . . grandi come lanterne: che tigre! Ma che bestione! Una tigre-elefante! Oeh! Aveva in bocca un tigrotto, con la pancia ricolma d'acqua. Un tigrotto annegato. Sembrava una salsiccia, una vescica tutta pompata. Lo butta a terra . . . TOOM . . . spinge . . . con la zampa sul ventre . . . esce l'acqua . . . BLOCH . . . dalla bocca; è annegato proprio. C'era un altro tigrotto che girava intorno alle gambe della madre, che sembrava avesse un melone nella pancia, trascinava per terra anche lui il ventre pieno d'acqua La tigre alza la testa, annusa: USC, USN . . . l'aria della caverna . . .

« Boia, se le piace la carne frollata sono fottuto! »

Mi punta . . . Viene in avanti, viene. Questa testa che s'ingrandisce, s'ingrandisce . . . straripa! Mi sento i capelli andare per aria drizzati che fanno persino rumore . . . GNIAAACH . . . mi si rizzano i peli delle orecchie, i peli del naso . . . e altri peli: una spazzola!

« Viene, viene, è qui vicino, con la faccia mi odora. »

« AAAHHAARRR! »

E se ne va via sculettando, va sul fondo (della grotta) si stravacca (si sdraia) e tira contro la pancia suo figlio, il tigrotto. E guardo: aveva delle zinne piene di latte che quasi scoppiava, che erano giorni e giorni che non tettava (succhiava) nessuno con l'acqua ch'era venuta giù. Oltretutto un figlio, l'altro tigrotto era morto annegato . . . La madre caccia vicino la testa del piccolo alla zinna e fa:

« AAAHHAARRR! »

E il tigrotto:

« IAAHHAA! »

« OAAHAARRR! »

« AAAAH! »

« OAAHAARRRRR! »

« IIAAAHHH! »

Una scena di famiglia! Aveva ragione 'sto povero bambino del tigrotto; era pieno di acqua fino alla gola che sembrava un barilotto . . . cosa vuoi fare? La giunta dei latte? Correzione di cappuccino? Fatto sta che il tigrotto era scappato in fondo alla caverna . . . e rampognava.

« *AAHHAAEEAA.* »

La tigre incazzata! Si volta a guardarmi, si tira in piedi e mi punta. Punta me! Oh boia, si arrabbia col figlio e viene a prendersela, a sfogarsi con me adesso?! Cosa centro io? Oh, non sono nemmeno della famiglia!! IGNAA TUM, TUM, TUM (Imita il rumore dei peli che si raddrizzano) *spazzola! Viene vicino, occhi di lanterna, si volta tutta di qua, PAC! una tetta in faccia.*

« *Ma è la maniera questa di ammazzare la gente, a tettate?* »

Si volta con la testa e fa:

« *AAAHARR* » come dire: « *Tetta!* » (*Succhia*)

Afferro con due dita il capezzolo della tetta . . . appoggio appena le labbra.

« *Grazie, tanto per gradire.* » (Mima di assaggiare appena dal capezzolo).

L'avessi mai fatto! S'è voltata cattiva:

« *AAHHAARRR!* »

Che guai alle tigri fare il disprezzo dell'ospitalità. Diventano delle bestie! Le ho preso la tetta e . . . CIUM, CIUM, CIUM . . . (Esegue la pantomina del tettare veloce e goloso). *Buono! Il latte delle tigri . . . buono! Un po' amaro, ma, caro mio . . . cremoso: an dava giù scivoloso, si rivoltava nello stomaco tutto vuoto . . . PLOC, PLIC, PLOC, poi trovava la prima budella . . . TROC, si sparge in tutte le budelle vuote, che erano quindici giorni che non mangiavo. PFRII, PRII, PFRII, il latte che dilagava da scuotere tutte quante le budella che avevo! Finito, PCIUM, PCIUM, PCIUM,* (Mima di fare una piega alla mammella svuotata come fosse un sacchetto).

« *Grazie.* »

Lei fa un passo avanti, TAH: un'altra tetta! Quante tette hanno le tigri! Che tetteria! Ho cominciato a tettarne un'altra, volevo buttarne fuori un po' . . . (di latte) *ma quella stava sempre così, tutt'occhi a controllarmi . . .*

Che se butto via una goccia di latte quella mi mangia intiero. Non prendo manco fiato: PCIUM, PCIUM, PCIUM! tettavo, tettavo. Andava giù il latte, cominciavo a soffocare: PLUC, PLIM, PLOC, mi ascoltavo il latte andare perfino nelle vene della gamba. Fatto sta che, sarà stata l'impressione, mi pareva di sentir battere meno forte il cuore. Mi sentivo anche andare il latte nei polmoni. Avevo il latte dappertutto. Finito, PLOC, (La tigre) si volta: una altra tetteria! (Batteria) Sembrava di essere in fabbrica, alla catena di montaggio. La pancia sempre più gonfia, piena, piena. Ero ridotto al punto, così accovacciato com'ero, con la pancia rigonfia che mi pareva di essere un Budda. PITOM, PITOM, PITOM, rutti a ripetizione. Avevo il culo con le chiappe strette, stringate a strozzo!

« Che se mi arriva la dissenteria da latte, che sbroffo, quella s'incazza, mi acchiappa, m'intinge dentro al latte come fossi un biscotto nel cappuccino, la mi mangia! »

Succhiavo, succhiavo e succhia, succhia alla fine, caro mio, ero ripieno, ingolfato, ubriaco di latte, non capivo più niente. Sentivo il latte che veniva fuori dalle orecchie, dal naso, a gorgogliare! PRUFF, non respiravo . . . PRUUUFF! »

La tigre, terminato il servizio, mi dà una leccata dal basso in alto sul muso: BVUAAC! Gli occhi, che mi vanno in su come a un mandarino. Poi la va in fondo (alla caverna) tutta sculettona . . . si butta per terra, dorme . . . il tigrotto dormiva già. Io tutto ripieno, sempre fermo. (Mima l'atteggiamento statuario del Budda).

« Qui guai se azzardo a muovere anche gli occhi, scoppio: . . . PFRUUH! »

Non so come, mi sono addormentato calmo, tranquillo come un bambino. La mattina mi sveglio, ero già un po' vuoto . . . tutto bagnato di latte intorno per terra . . . non so cosa era successo. La tigre, guardo (guardo se c'è la tigre) non c'è, neanche il tigrotto, sortiti . . . saranno andati via, andati via a pisciare (orinare). Aspetto un po' . . . ero preoccupato. Ogni volta che ascoltavo un rumore avevo paura che arrivasse qualche animale forestiero. Magari qualche altra bestia feroce che veniva dentro. Non potevo dirle:

« *Scusi, la signora non c'è, è uscita, torni più tardi, lasci detto.* »

Aspettavo preoccupato. Finalmente, la sera, torna . . . torna la tigre. Tutta bella svelta, aveva già di nuovo le zinne un po' pregne (gonfie), non come il giorno avanti che scoppiavano, ma metà, una bella riempita e appresso arriva anche il tigrotto. Appena la tigre arriva in caverna fa un'annusata, guarda intorno, mi scorge e mi fa:

« *AAAHHAAARRR.* » *Come dire:* « *Sei ancora qui?* »

E anche il tigrotto fa:

« *OOAAHHAA:* »

E vanno in fondo. La tigre si sdraia. E il tigrotto aveva il pancino un po' meno rigonfio d'acqua, ma, ogni tanto: BRUUAAC! ne vomitava un goccio, si butta vicino alla mamma. La mamma afferra piano piano il crapino, ci mette vicino le zinne:

« *IAAHAA!* » (Mima il rifiuto del tigrotto).

La tigre:

« *OAAHAA!* »

« *IAAHAA!* »

E via che scappa il tigrotto. Non voleva saperne più di roba liquida. (Mima il gesto della tigre che si rivolge al soldato. E il soldato ormai succube che si appresta a lasciarsi allattare)

« *PCIUM, PCIUM, PCIUM* » *Che vita! Intanto che io tettavo, lei comincia a leccarmi la ferita:*

« *Oh boia, sta assaggiandomi! Se adesso le piaccio, intanto che io tetto, lei mi mangia!* »

Invece no, leccava, leccava: mi voleva medicare.

Comincia a succhiarmi il marcio che è nel rigonfio. PFLUUU WUUAAMM sputava fuori PFLUUU mi svuotava tutto:

WUUAAC! Orco cane, che brava! Spandeva tutta la saliva, la bava che hanno loro così spessa sopra la ferita. E di colpo m'è venuto in mente che la bava delle tigri è un medicamento meraviglioso, miracoloso, una medicina. Mi sono ricordato che da piccolo, al mio paese, venivano dei vecchietti che erano dei mediconi, degli stregoni, che arrivavano con delle tazzine piene di bava delle tigri. E andavano intorno a dire:

« Gente, donne! Non avete latte? Strofinatevi le zinne con questa bava! E TOCH!: vi vengono due tettoni da scoppiare! Vecchi, avete i denti che cadono? Una passata sulle gengive . . . THOOMM, s'incollano i denti come zanne! Avete dei foruncoli, dei bitorzoli, delle croste . . . l'infezione? Una goccia e via! Va tutto via! »

Ed era vero, era miracolosa sta bava! Ed era proprio bava di tigre, non c'era trucco. Andavano proprio loro. Pensa il coraggio che avevano questi vecchietti-mediconi, loro di persona andavano a prendersela la bava della tigre, dentro la bocca della tigre, intanto che lei dormiva con la bocca spalancata. PFIUUTT! . . . PFIUTT! (Gesto rapido di raccolta) *e via che scappavano. Si riconoscevano quasi tutti perché avevano il braccino corto* (Indica un monco). *Incidente sul lavoro!*

Bene, sarà stata l'impressione, fattostà che intanto che lei leccava succhiava, io sentivo il sangue sciogliersi tutto di nuovo e sentivo il ditone come prima e il ginocchio incominciava a muoversi . . . mi si muoveva il ginocchio! Boia, è la vita! Ero così contento che ho incominciato a cantare intanto che tettavo: a soffiare. Mi sono sbagliato, invece di tettare, le ho soffiato dentro. PFUM . . . PFUM . . . PFUM un pallone così! (Fa il gesto di sgonfiare rapido prima che la tigre si accorga) *. . .Tutto fuori! La tigre, contenta, tutta così* (Espressione soddisfatta della tigre), *dà la solita leccata e va sul fondo. Bisogna dire, intanto che la madre leccava, il tigrotto stava lì a guardare tutto curioso. E quando la madre ha finito, m'è venuto vicino col linguino fuori, come a dire:*

« *Lecco anch'io?* »

I tigrotti sono come i bambini, tutto quello che vedono fare dalla madre, lo vogliono fare anche loro.

« *Vuoi leccare? Attento con quei dentini aguzzi, quattro centesimi* (Gli mostra il pugno) *stai attento a non mordere eh!* »

È venuto vicino . . . TIN . . . TIN . . . TIN . . . leccava che mi faceva il solletico con quel linguino . . . Dopo un po': GNAACCHETA una morsicata! Avevo i coglioni lì vicino, PHOOMMM! (Fa il gesto di tirare un pugno). *Un cazzotto! GNAAAA! Come un gatto fulminato! Ha incominciato a correre sulle pareti dentro la grotta che sembrava in moto!*

Subito farsi rispettare dalle tigri, fin da piccole! E di fatti, da quella volta, quando passava vicino, caro, mica andava di profilo, stava attento. Andava tutto così (Con le braccia e le gambe rigide, incrociandole alternate, indica il tigrotto che passa camminando di traverso preoccupato di tenersi distante e coperto da eventuali cazzotti sui testicoli).

Bene, la tigre dormiva, s'è addormentato il tigrotto e anch'io mi sono addormentato. Io, quella notte, ho dormito sonno tranquillo. Non avevo più dolore. Mi sono sognato di essere a casa mia con la mia donna, che ballavo, con la mia mamma, che cantavo. Alla mattina mi sveglio, non c'è né tigre né tigrotto. Sono andati fuori.

« *Ma che razza di famiglia è questa qui? Non stanno un momento in casa! E adesso chi mi cura a me? Quelli sono capaci di restare intorno una settimana.* »

Aspettavo. Viene la notte. Fuori anche la notte.

« *Ma che razza di mamma è quella lì? Un bambino così giovane, portarlo fuori a gironzolare di notte! Ma quando sarà grande cosa diventerà?! Un selvatico!* »

Il giorno dopo, all'alba, ritornano. All'alba! Così, come se niente fosse. La tigre aveva in bocca un bestione ammazzato che non so cosa fosse. Una capra gigante che pareva una vacca . . . Con dei cornoni! Arriva dentro sta tigre: SLAAM la sbatte per terra. Il tigrotto mi passa davanti e fa:

« AAHHAARR » come dire: « L'ho ammazzata io! » (Mostra il pugno e mima la reazione del tigrotto che terrorizzato si mette a camminare di lato).

Bene, torniamo al caprone. La tigre tira fuori (Dalla zampa) *un'unghia tremenda. Mette giù sbracata con la pancia per aria sta capra. VRROMM un graffio profondo . . . UUAACCH . . . le spalanca tutto lo stomaco, la pancia. Tira fuori le interiora, tutte le budella che aveva dentro, il cuore, la milza . . . BORON . . . BORON . . . ha raschiato tutto, tutto pulito . . . Il tigrotto . . . TLIN . . . PLIN . . . PLON . . . salta dentro! La tigre . . . che incazzatura! OOAAHHAAAA! »*

Ché, guai alle tigri andare dentro nella minestra con i piedi . . . Diventano delle bestie! Poi, la tigre è andata dentro con tutta la testa nella pancia, nella caverna dello stomaco . . . anche il tigrotto dentro . . . OAHAGN . . . GNIOOMM . . . UIIGNOOM . . . UAGNAAAMM . . . GNOOOM . . . si sentiva un fracasso . . . da spaccarti le orecchie!

In un'ora avevano mangiato tutto! Tutte le ossa pulite. Avevano avanzato solamente la culatta con la coda, la gamba, il ginocchio della bestia, lo zampone in fondo. La tigre si volta e fa:

« OAAHAA » come dire: « Hai fame? » Ha afferrato tutto lo zampone, me lo ha sbattuto là:

« PROOMM . . . » come dire: « Fatti sto spuntino. » (Gesto d'impotenza).

« FHUF . . . Io mangiarla! Ma questa roba è di legno. Io non ho i denti come hai tu . . . Guarda, pare di cuoio di tanto che è dura! E poi il grasso col pellame . . . tutti sti gnocchi di grasso. Ci fosse un po' di fuoco da metterla su per un paio di ore a rosolare! Il fuoco, boia! Giusto, c'è la legna! Che la piena ha portato tanti di quei ceppi e radici. Vado fuori, che già camminavo, un po' se pur zoppicando;

*sono andato davanti alla caverna dove c'erano dei ceppi e dei
tronchi, ho incominciato a trascinarne dentro dei bei pezzi, e poi
dei rami, poi ho fatto una catasta così, poi ho preso dell'erba secca,
delle foglie che erano lì, poi ho messo due corna in croce, due ossa,
e sopra, a fare da spiedo, il gambone; poi ho cercato dei sassi tondi,
di quelli bianchi di zolfo che a sfregarli uno contro l'altro fanno
scintille. Ne ho trovati due, belli, li ho strofinati e: PSUT...
PSUT... TAC* (Fa il gesto rapido di picchiare tra tre) *quattro
stelline proprio... le tigri hanno paura del fuoco, la tigre in fondo:*

« *OOAAHAAA* » (Fa il gesto di rizzarsi minaccioso).

« *Beh? Cosa c'è? L'hai mangiata tu la tua carnacia schifosa?
Cruda, sanguinolenta? A me piace cotta, va bene? Se non ti va,
menare!* (*vattene*) » (Indica la tigre che si accuccia intimidita).

*Subito prendere il sopravvento sulla femmina! Anche se è
selvatica! Mi sono messo lì con i sassi... FIT... PFITT...
PFIITT... il fuoco! Monta, monta..., salgono le fiamme:
OUAACC!... Tutto il grasso comincia a rosolare, va giù il grasso
sciolto sul fuoco... Sale un fumo denso, nero... va verso la caverna in fondo. La tigre, appena le arriva addosso la nuvola, fa:*

« *AAHHHIIAAAA* » (Ruggito che ricorda uno sternuto).

« *Dà fastidio il fumo? Fuori! E tu, tigrotto!* (Lo minaccia col
pugno e mima il tigrotto impaurito che esce camminando di
lato). *Via!* »

*E io rosolo, rosolo, rosolo, tiro, tiro, e giro. FLOM... PSOM
... PSE... Sento una puzza di selvatico che viene fuori* (Esce).

« *Accidenti, ci fosse qualcosa per odorarla, 'sta carne!* » *Giusto,
di fuori avevo visto dell'aglio selvatico.*

*Vado fuori, nello spiazzo davanti alla grotta, sì proprio lì...
strappo un bel coglioncino di aglio selvatico. THUM... Poi, vedo
anche un getto verde, tiro:*

« *Cipolla selvatica!* »

Trovo anche dei peperoncini che pizzicano . . . Afferro una scheggia d'osso. Ci faccio dei tagli nella coscia e ci ficco dentro le teste d'aglio, di cipolla e i peperoncini. Poi cerco del sale, che certe volte c'è il salgemma dentro le grotte. Trovo del salnitro.

« *Va bene lo stesso, a parte che il salnitro è un po' amaro. Oltretutto ha il difetto che, con il fuoco, magari scoppia. Ma non ha importanza, basta stare attenti.* »

Ficco nei tagli qualche pezzo di salnitro. Dopo un po', infatti, la fiamma: PFUM! . . . PFAAMM! . . . PFIMM! . . . La tigre:

« *OAAHHAA . . .* » (Mima la tigre che si spaventa):

« *Roba da uomini! Fuori, via dalla cucina!* »

Gira, gira, gira . . . viene su il fumo chiaro, un profumo! Dopo un'ora, caro mio, c'era un profumo delicato che cresceva.

« *HAHA che buono!* »

SCIAAM: Io stacco una fetta di carne. (Mima di assaggiare) *PCIUM, PICIUM.*

« *Ah, che buono!* »

Erano anni e anni che non mangiavo una roba così. Che gustoso, delicato, dolce. Guardo, c'era il tigrotto . . . era entrato, era lì che si dava delle leccate sui baffi.

« *Vuoi assaggiare anche tu? Ma tanto è roba che a te fa schifo. La vuoi proprio? Guarda:* (Indica rapidamente taglio e lancio di un pezzo di carne che il tigrotto inghiotte in un attimo). *Ohp.* »

Assaggia, manda giù, e poi fa:

« *OAHA* ».

« *Buona? Ti piace? . . . Scostumato!! Prendi qua, oplà* » (Nuovamente mima taglio e lancio e l'abbuffata del tigrotto).

« *EHAA . . . GLOP . . . CL . . . OEE . . . GLOO . . . OEH-AAHHAA!* »

« *Grazie, grazie . . . l'ho fatta io, sì. Ne vuoi ancora? Attento, che se lo sa la tua mamma che mangi questa roba!* »

Taglio via un bel pezzo di filetto:

« *Me lo tengo io. Il resto è troppo per me, tanto l'avanzo: tieniti tutta la gamba.* » (Mima l'azione di tirare la gamba del caprone al tigrotto).

BLUUMM . . . gli è arrivata in faccia, è finito per terra. L'ha raccolta andando intorno come ubriaco. Arriva dentro la madre: una scenata!

« *AAHHAAA cosa mangi questa schifezza di carne bruciata? Vieni qui, dai qui, AAHHAAAAA* ».

« *OOHHOOOOCH.* »

Resta un pezzo di carne in bocca alla madre, la inghiotte, le piace.

« *UAAHHAAA!* » *fa la madre.*

« *UUAHAA* » *risponde il tigrotto.* (Mima madre e figlio che si azzuffano per la carne). *Una lite!!*

« *PROEMM . . . SCIOOMMM . . . UAAMMM . . .* »

L'osso!; bianco! Poi, la tigre si volta verso di me e mi fa:

« *OAAHAAAA, non ce ne più?* »

« *Ohe! Questa è mia!* » (Indica il pezzo di carne che ha tolto poco fa).

Intanto che mangiavo, la tigre mi veniva vicino . . . io credevo volesse mangiarmi la carne e invece veniva per leccarmi, per medicarmi la ferita. Che brava persona! mi ha leccato e poi è andata al suo posto. Si è messa stravaccata (distesa). Il bambino dormiva già, mi sono addormentato anch'io.

La mattina mi sveglio, le tigri erano già uscite! Ormai è abitudine così. Aspetto tutta la giornata, non ritornano. Non arrivano neanche più tardi. Ho un nervoso! Il giorno dopo non tornano ancora!

« *Chi mi lecca a me? Chi mi cura? Non si può lasciare la gente così in casa!* »

Arrivano tre giorni dopo.

« *Adesso gli faccio una scenata!* »

Invece rimango senza fiato, allocchito: entra la tigre, ha in bocca una bestia intiera! Il doppio di quella dell'altra volta. Un bisonte selvatico . . . non so cosa fosse! Anche il tigrotto aiutava a portarla. E venivano avanti tutti e due . . . BLUUMM di traverso . . . come ubriachi per la fatica . . . PROOM . . . arrivano lì davanti a me. PHOAAHHAAMM . . . (Mima le tigri che scaricano l'animale ucciso). *La tigre fa:*

« *HAHA . . . HAHA . . .* » (Imita l'ansimare della tigre). *E poi:*

« *AAHHAAAAA* » *Come a dire:* « *Cucina!* »

(Si porta le mani, disperato, sul viso). *Guai dare i vizi alle tigri!*

« *Ma tu hai capito male tigre, scusa. Adesso io mi metto qui a bruciacchiarmi, a spadellare avanti e indietro in cucina, intanto che tu vai a spasso eh? Ma cosa sono diventato? La donna di casa io?* » (Mima la tigre rampante che si prepara ad aggredirlo)

« *OOAAHHAAAOOAAHHAAAAOO!* »

« *Fermaaa! OHO, OHO . . . OHO! Si fa così per dire no? Non si può più parlare? Un po' di dialettica! . . . Va bene, va bene . . . OHEOH . . . non metterla giù dura! D'accordo, faccio il cuoco . . . cucino io. Però voi andate a prendere la legna.* »

« *OOAHHAAH?* » (Indica la tigre che finge non capire).

« *Non fare la furba, capisci cos'è la legna? Guarda lì, vieni di fuori, questa è la legna, i ceppi sono quelli, porta subito dentro tutti sti pezzi!* »

Aveva capito eccome: ha raccolto subito la legna, tutti i ceppi, avanti e indietro così che dopo un'ora la caverna era piena a metà.

« *E tu, ohei tigrotto, bella la vita, eh? Con le mani in tasca?* » (Rivolto al pubblico). *Aveva le mani in saccoccia! Aveva appoggiato le dita ripiegate delle zampe sopra due righe nere, qui* (Mette le mani sui fianchi) *a far credere che fossero infilate nelle saccocce!*

« *Avanti! Lavorare! Ti dico io cosa devi fare: cipolla, aglio selvatico, peperone selvatico, tutto selvatico.* »

« *AAHAA?* »

« *Non capisci? Bene te lo insegno io: guarda, là, quella è la cipolla, quello è un peperone.* »

Il poveretto andava avanti e indietro sempre con la bocca ripiena di aglio, peperoni e cipolle . . . aha . . . che dopo due, tre giorni gli sortiva un fiato che non gli si poteva star vicino: una puzza! E io tutto il giorno lì, intorno al fuoco a rosolare, che mi scoppiava tutto . . . tutte le ginocchia abbrustolite, i coglioni seccati. Avevo tutta la faccia bruciacchiata, mi piangevano gli occhi, bruciati anche i capelli, rosso davanti, bianco di dietro! Non potevo certo cucinare con le chiappe! Una vita proprio da vacca! E loro mangiavano, una pisciata, tornavano a dormire. Ma dico: è vita questa qua? »

Ma io, una notte che mi sentivo bruciare dappertutto, mi sono detto:

« *Basta! . . . Taglio la corda.* »

Intanto che tutte e due dormivano, pieni da scoppiare che apposta li avevo ubriacati, vado carponi verso l'uscita, sto per uscire, sono quasi fuori . . . il tigrotto si rizza a gridare:

« *AAHHAAAAAA . . . mamma scappa!* »

« *Tigrotto spia! Un giorno o l'altro ti strappo i coglioni con le mani, li faccio in umido e li do alla tua mamma da mangiare con dentro il rosmarino!* »

Piove! Di colpo comincia a piovere: una tempesta all'improvviso. Mi sono ricordato della paura terribile che le tigri hanno per l'acqua. E allora mi sono gettato fuori dalla caverna, ho incominciato a correre giù per la scarpata verso il fiume . . . mi sono buttato dentro il fiume . . . nuotare . . . nuotare . . . nuotare! Arrivano fuori le tigri:

« *OOAAHHAA . . . !* »

E io:

« *OOAAHHAAHHAA!* » (E trasforma l'azione della nuotata nel classico gesto scurrile di chi è riuscito a fregare qualcuno).

Sono arrivato dall'altra parte del fiume, mi sono messo a correre. Ho camminato per giorni, settimane, un mese, due mesi . . . non so quanto ho camminato. Non trovavo una capanna, non trovavo un paese, mi trovavo sempre nella foresta. Finalmente una mattina arrivo ad affacciarmi da un poggio, guardo giù nella valle che si allarga sotto. Era tutto coltivato, vedo delle case lì sotto, un villaggio . . . un paese! Con una piazza, dove c'erano donne, bambini e uomini!

« *Oho . . . gente* » *Sono caduto giù correndo.* « *Sono salvo, gente, sono un soldato della Quarta Armata, sono io . . .* »

Appena mi vedono arrivare:

« *La morte! Un fantasma!* »

Via che scappano dentro le capanne, dentro le case. E si chiudono dentro con i pali alle porte, con i catenacci.

« *Ma perché . . . un fantasma, la morte . . . ma perché. No, gente . . .* »

Mi vedo davanti ad un vetro di una finestra che mi fa da specchio. Resto come spaventato: avevo tutti i capelli dritti, bianchi, una faccia tutta bruciacchiata nera e rossa, gli occhi che parevano carboni accesi! Sembravo proprio la morte! Sono corso ad una fontana, mi sono buttato dentro . . . mi lavo, mi strofino con la sabbia, dappertutto. Sono uscito finalmente ripulito.

« *Gente, venite fuori! Toccatemi . . . sono un uomo vero, il sangue, le carni son calde . . . venite, venite a sentirmi . . . non sono la morte.* »

Uscivano con un po' di paura. Qualche uomo, qualche donna, dei bambini, mi toccavano . . . e, intanto che mi toccavano, io raccontavo: (Riepilogo veloce semigramelot).

« *Io sono della Quarta Armata, sono venuto giù, dalla Manciuria. Quando mi hanno sparato sull'Himalaia, che mi hanno beccato ad una gamba, sfiorato la prima e la seconda palla, la terza sarebbe scoppiata . . . poi, tre giorni, cancrena . . . mi punta il pistolone: «Grazie, sarà per un'altra volta». PROM, mi sono addormentato, PROM, piove e l'acqua, l'acqua, PROM, sono in una caverna, arriva la tigre . . . , tigrotto annegato... e quella veniva avanti, si rizzano tutti i peli . . . una spazzola! Tettata, e io tetta, tetta, tetta, tanto per gradire si volta tetto tetto viene quell'altro: PIM AAHHAA. Cazzotto nei coglioni . . . Quando le altre volte: BROOMM un bestione e io rosolo, rosolo, rosso davanti bianco di dietro! SCIUM! Mamma, lui scappa! Ti strappo i coglioni! AHHAHHA e son scappato!* »

Intanto che io raccontavo la mia storia, quelli si guardavano l'un l'altro e facevano smorfie e si dicevano:

« *Poverino, gli ha dato di volta il cervello . . . che spavento che deve aver preso, è diventato matto poveraccio . . .* » *E io:*

« *Non ci credete?* »

« *Ma sì, sì, e come no? È normale tettare le tigri . . . tutti tettano le tigri! Qui c'è della gente cresciuta tettanto tigri. Ogni tanto fanno: "Dove vai?". "A tettare la tigre". Per non parlare della carne cotta! Oh . . . , come gli piace! . . . Quanto son golose di carne cotta le tigri!! Noi abbiamo una mensa apposta per le tigri . . . Vengono giù apposta ogni settimana per mangiare con noi!* »

Avevo l'impressione che mi stessero a prendere un po' per il culo.

In quel momento si sente un urlo di tigri: AAHHAAAAAAAAA . . . Un ruggito. In cima alla montagna è apparso il profilo di due tigri. La tigre e il tigrotto. Il tigrotto era diventato grande come la tigre. Erano passati dei mesi . . . Pensa, m'avevano ritrovato dopo tanto tempo! La puzza che dovevo aver lasciato intorno! . . .

« *AAAAHHHAAAA.* »

Tutta la gente del villaggio ha cominciato a gridare per lo spavento:
« *Aiuto! Le tigri!* »
Via che scappavano dentro le case a serrarsi con i catenacci.

« *Fermi, non scappate . . . sono i miei amici, sono quelli di cui vi ho detto. Il tigrotto e la tigre che mi allattava. Venite fuori, non abbiate paura.* »

Le tigri scendevano tutte e due. BLEM, BLOOMMM, BLEM, BLOOM, quando sono arrivate a dieci metri di distanza, la tigre madre ha incominciato a farmi una scenata! Ma una scenata:

« *AAHHAAAA bella ricompensa, dopo tutto quello che ho fatto per te, che ti ho anche leccato OOHHAAAHHHAAAA ti ho salvato la vita! EEOOHHAAA che neanche per un mio maschio l'avrei fatto . . . per uno della mia famiglia . . . EEOOHHAAA mi hai piantata lì OOHHAAHHAAA e poi ci hai insegnato a mangiare la carne cotta, che adesso tutte le volte EEOOHHAAHHAA che mangiamo la carne cruda ci viene da vomitare . . . ci viene la dissenteria, stiamo male per delle settimane AAAHHAAAHHHAAA!* »

E io di rimando:

« *OOHHAAAA perché, voi cosa avete fatto? Ti ho salvato anch'io col tettarti, che se no scoppiavi . . . AHOLAHHH! E quando poi ho rosolato, rosolato che avevo anche i coglioni scoppiati, eh? AAAHHHAAA. E sta buono eh . . . che anche se sei grosso . . .* »
(Mostra il pugno al tigrotto).

Poi, si sa, quando in una famiglia ci si vuol bene . . . abbiamo fatto la pace. Io le ho fatto una grattatina sotto il mento . . . La tigre m'ha dato una leccata . . . il tigrotto mi ha dato una zampata leggera . . . io gli ho dato una pacca così . . . ho tirato un po' la coda alla madre . . . le ho dato una sberla sulle zinne che a lei piace, una pedata nei coglioni al tigrotto che lui era contento. (Rivolto alla gente rinchiusa nelle case).

« *Abbiamo fatto la pace, venite fuori . . . niente paura, niente paura!* » (Alle tigri):

« *Tieni dentro i denti tu AAAMM, così.* (Copre completamente i propri denti con le labbra). *Non far vedere AAMMAA. Tira dentro le unghie nelle zampe, nascondi le unghie, sotto le ascelle . . . cammina su i gomiti, così* » (Esegue).

La gente comincia ad uscire . . . una piccola carezza piano sul testone della tigre . . . « *Va che bella! . . .* » *gurugruguru . . . quell'altro . . . lélélélé . . . e VLAAAMMM! Leccate che non finivano, graffiettini, testate, anche il tigrotto. Poi i bambini, quattro bambini, sono saltati sulla groppa della tigre. Sono saltati in quattro, PLOM . . . PLOM . . . PLOOMMM . . . la tigre marciava, faceva il cavallo. Poi si rovescia lunga distesa. E altri quattro ragazzotti, hanno afferrato la coda del tigrotto e lo trascinavano.* (Mima il tigrotto trascinato a rovescio che cerca di fare resistenza affondando le unghie nel terreno).

« *AAHHAAHH.* »

E io sempre all'erta (Mostra il pugno), *gli andavo dietro . . . che le tigri hanno una memoria!*

Poi hanno incominciato a giocare, a rotolarsi, a fare i pagliacci. Bisognava vederli: giocavano tutto il giorno con le donne e con i bambini, con i cani, con i gatti, che ogni tanto ne spariva qualcuno, ma nessuno se ne accorgeva, che ce ne erano tanti!

Un giorno che erano lì a rotolare, si sente la voce di un contadino, un vecchietto che arrivava dalla montagna gridando:

« *Aiuto, aiuto gente, al mio paese sono arrivati i banditi bianchi! Stanno ammazzandoci tutti i cavalli, ci ammazzano le vacche, Ci portano via i maiali . . . ci portano via anche le donne . . . Venite ad aiutarci . . . portate i vostri fucili . . .* »

E la gente:

« *Ma noi non abbiamo fucili!* »

« *Ma abbiamo le tigri!* », *dico io.*

Prendiamo le tigri . . . BLIM . . . BLUMM . . . BLOM . . . BLAMM . . . BLAMM . . . BLAM . . . , si sale sulla collina, si discende dall'altra parte del paese. C'erano i soldati di Ciang-Kai-Schek che sparavano, bucavano (ammazzavano), rubavano.

« Le tigri! »

« AAAHHHAAAAAAA. »

Appena hanno visto e sentito queste due bestie, i soldati di Ciang-Kai-Schek gli scoppia la cintura dei pantaloni, gli sono cascate le braghe fino alle ginocchia, si sono cacati sulle scarpe . . . e via che sono scappati!

E da quel giorno, tutte le volte che in un paese vicino arrivavano quelli di Ciang-Kai-Schek, venivano a chiamarci:

« Le tigri! »

E noi via, che si arrivava, magari nello stesso tempo: una di qui e una di là. Ci chiamavano dappertutto. Venivano a prenotarsi addirittura una settimana prima. Una volta dodici paesi insieme . . . Come si fa?

« Abbiamo due tigri . . . non si può andare dappertutto . . . come facciamo? »

« False! Facciamo le tigri false! », dico io.

Come sarebbe false? »

« Semplice, abbiamo qui il modello. Si fabbricano dei testoni di cartapesta, tutto un impasto di colla e di carta. Si fa la maschera. Si fanno i buchi per gli occhi, uguali precisi a quelli della tigre e del tigrotto, poi, dentro, si fa la mascella snodata. Uno va dentro così, con la testa, e fa: QUAC . . . QUAC . . . QUAC . . . muovendo le braccia. Poi, un altro si attacca dietro al primo, un altro ancora, dietro col braccio fa la coda, così. Per finire, una bella coperta di sopra, gialla. Tutta gialla con delle righe nere. Anche per coprire bene i piedi, che sei piedi per una tigre sola sono un po' troppi. Poi gli si fa il ruggito. Qui bisogna imparare a fare il ruggito. Qui, tutti da questa parte quelli che devono fare le finte, qui tutti a fare

scuola, e le tigri faranno da maestri. Avanti, su, fate sentire come si fa il ruggito!!

« *OOAAHHAA.* » *Ecco, adesso tu, ripeti* (Si rivolge ad un allievo).

« *OOAAHHAAA!* »

« *Da capo.* »

« *EOAHHAA.* »

« *Più forte, sentite il tigrotto.* »

« *EEOOHHAAHHAA.* »

« *Da capo.* »

« *EEEHHOOOHHAAAA.* »

« *Da capo. Più forte!* »

« *EEOOHHAAAAAAAAAA.* »

« *In coro!* » (Inizia a dirigere alla maniera di un grande maestro d'orchestra). « *OOOOOHHHHAAAAAAAAAA.* »

Un baccano tutto il giorno in quel paese, che, un vecchietto che passava lì dietro al muro, un forestiero (Indica uno che si blocca come una statua) *l'abbiamo trovato secco.*

Ma quando sono tornati ancora quelli, i soldati del Ciang-Kai-Scbek:

« *Le tigri!!!* »

« *OOOHHHAAAAHHHAAAA!* »

E sono scappati tutti fino al mare. E allora è arrivato un dirigente politico del partito, che ci ha applauditi e ha detto:

« *Bravi, bravi! Questa invenzione della tigre è straordinaria. Il popolo ha un'inventiva ed una immaginazione, una fantasia che nessuno ha al mondo. Bravi! Bravi! Adesso le tigri però, non si possono più tenere con voi, bisogna mandarle nella foresta come erano prima.* »

« *Ma perché? Stiamo così bene con le nostre tigri, siamo compagni, stanno bene, ci proteggono, non c'è bisogno . . .* »

« *Non possiamo, le tigri sono gente anarcoide, mancano di dialettica non possiamo assegnargli un ruolo nel partito alle tigri, se non possono stare nel partito, non possono nemmeno stare nella base. Non hanno dialettica. Ubbidite al partito. Riportate le tigri nella foresta. »*

E noi gli abbiamo detto:

« Sì, sì, mettiamole nella foresta. »

E invece no, nel pollaio, le abbiamo messe: via le galline, dentro le tigri. Le tigri sul trespolo, così. (Mima le tigri che vanno in altalena). *Quando passava il burocrate dirigente, noi avevamo fatto tutta la lezione alle tigri, e le tigri facevano:*

« HIIIHHIIIRIHHIIII » (Imita il canto del gallo).

Il burocrate politico guardava un po' e poi:

« Gallo tigrato » e andava via.

E meno male che le avevamo tenute le tigri, perché di lì a poco sono arrivati i giapponesi! Piccoli, tanti, cattivi, le gambe arcuate, il culo per terra, con gli sciaboloni, con i grandi fucili lunghi. Con le bandiere bianche con dentro una palla rossa, sui fucili, un'altra bandiera sull'elmo, un'altra infilata nel culo, con su una palla rossa coi raggi del sol nascente!

« Le tigri!!! »

« AAAHHHAAAAAAHHH!!! »

Via dal fucile la bandiera, via dal cappello la bandiera! Restava soltanto quella infilata nel culo. FIUNH . . . ZIUM . . . andavano via, scappavano che parevano tante libellule!

È arrivato il dirigente nuovo e ci ha detto:

« Bravi, avete fatto bene a disobbedire l'altra volta a quel dirigente che fra l'altro era anche un revisionista, contro-rivoluzionario. Avete fatto bene! . . . Bisogna sempre tenere le tigri presenti quando c'è il nemico. Ma da questo momento non c'è n'è più bisogno. Il nemico è scappato . . . portate subito le tigri nella foresta! »

« Come, ancora? »

« Ubbidite al partito! »

« *Per via della dialettica?* »

« *Certo!* »

« *Va bene, basta!* » *Le abbiamo sempre tenute nel pollaio. E meno male, perché sono arrivati di nuovo quelli di Ciang-Kai-Shek armati dagli americani: con i cannoni, i carri armati. Venivano avanti. Tan ti, tantissimi.*

« *Le tigri!!!* »

« *OOEEHHAAHHAAAAAAAA!!!* »

E via che scappavano come il vento! Li abbiamo sbattuti di là del mare. Adesso non c'era più nessuno, nessun nemico. E allora sono arrivati tutti i dirigenti. Tutti i dirigenti con le bandiere in mano . . . che sventolavano . . . e ci applaudivano! Quelli del partito e quelli dell'esercito. I dirigenti intermedi superiori di collegamento. Quelli superiori del superiore intermedio centrale. Tutti ad applaudire e a gridare:

« *Bravi! Bravi! Bravi! Avete fatto bene a disobbedire: la tigre deve sempre rimanere col popolo, perché è parte del popolo, invenzione del popolo, la tigre sarà sempre del popolo . . . in un museo . . . No, in uno zoo, sempre lì!* »

« *Ma come, nello zoo?* »

« *Ubbidite! Non ce n'è più bisogno adesso. Non c'è più bisogno della tigre, non abbiamo più nemici. C'è soltanto il popolo, il partito e l'esercito. Il partito, l'esercito e il popolo sono la stessa cosa. C'è naturalmente la direzione, perché se non c'è la direzione, non c'è neanche la testa e se non c'è la testa, non c'è neanche quella dimensione di una dialettica espressiva che determina una conduzione che naturalmente parte dal vertice ma si sviluppa poi nella base che raccoglie e dibatte quelle che sono le indicazioni proposte da un vertice non come sperequazioni di potere ma come una sorta di equazioni determinate e invariate perché siano applicate in un coordinamento fattivo orizzontale ma anche verticale di quelle azioni inserite nelle posizioni della tesi, che si svilluppano poi dal basso per ritornare verso l'alto ma dall'alto verso il basso in un rapporto di democrazia positiva e reciproca . . . »*

« *Le TIGRIIIIIIIIIII.* » (Mima un'aggressione violenta verso i dirigenti).
   « *EEEAAAAAAAAAAHHHHHHHHHHHHHAAAAAAAAAA-AAAA!!!* »

The Presumptuous Pig

Quando ol Segnor Padreterno Iddio u l'ha creato ol porco, u l'ha dit: "Bon, sperémo de no' avér combinàt 'na purscelàda.".
El porco l'era felìz beato de la so' condisiùn. Lü, porsèl, maiàl, puórco, quàrche volta ciamà anca vèrro . . . l'era satisfà, alègro d'avérghe cossì tanti nomi. ol stava tüto ol ziórno, inséma a la sóa fémena a roversàrse, a sgorgonciàr inta la buàgna, nello smerdàsso, nello scòrco, nello scagàsso che ol faséva ol se sprignàva, ol criàva, ol ciapàva dei srobodón, ol cantava e ol rideva. Faséva dei sgrogognà, nol soltanto ne' lo sòo de smerdàsso, ma anca in quèlo de tüti j artri anemàli, perché ol diséva: "Pü spüssa, più qualità!".
I fasévan l'amor a sbàti-sbàte che l'era un obséno scàndelo! I criàva de plazér che pareva se scanàsse!
I sbròffi e i schìsi degli smerdàssi 'rivàva fin al ziél, Co' tüti i rumori e le spüsse, 'me stciòpo de sboàsso, che un ziorno el Padreterno, fa per vegnìr fora de 'na nìvola . . . puhaa . . . ghe 'riva 'na sbruffàda che par poco no' el lava tüto! *(Mima il Padreterno che s'affaccia indignato dalle nubi)* "Ohi!, se l'è? Ehi, porsélo! Ma te sèit proprio un puórco! Ma no' te vergogni andàrte a srotolàrte in 'sta manéra a sgrofón, a sbati-sbate, a far l'amor! Fra ti e la tua fémena, sit proprio la zozza sporselénta del creàt!"
"Ma Segnòr Padreterno . . . —sgrógna mortefecàt ol maiàl— te sèit stàito pròpi ti che me gh'ha creàt con 'sto sfisio gaudurióso

139

de sguasàr in la fanga de scagàsso. Noàltri no' ghe se pensava mìga!"

"D'acòrdo, ma ti ol te sèit esageràt! Te ghe va dentro sànsa creànsa e co' gran solàzzo in 'sta boàgna e a farghe l'amor. Ma dico, te set già inta la merda . . . state bon! No! Ti te va a cantàr l'Excèlsis gloria a Deo!

Va ben . . . ad ogne manera, se te va ben e sèit cuntènto de 'sta condesión, staghe pure tranquìlo!"

"No, en veretà Segnor, no' per sopèrbia . . . no' vorrìa che te se offende . . . ma mi no' so' tanto sotisfàtto de la mia condesión."

"Cossa te voi? Che te torga via la spüssa a la merda?"

"No! Sarìa come cavàrghe l'ànema a un cristiàn!"

"E allora, cosa te voi?"

"Vorarìa le ali!"

"Le ali?!"

"Sì . . . pe' volare!"

"*(Ride divertito)* Ahahaaa! Ma sèit proprio mato! Ma te pensi . . . ti che te vai volando?! Un porsèlo volante che va spantegàndo tanfo e smerdasso par tüto ol creato! Co' gli anemàli de sóto che i crìa: oh cos'è 'sto desàstro!".

"No, nol saria spantegàr boàgna, ma ol sarésse conzéme maravegiòso per ogne lògo . . . despàrgere sanetà e 'bondànzia per fiori, frutti e frumenti!"

"Ohé, tu gh'ha un bel zervélo! Porsélo, questo de lo smerdàzzo che va a conçemàre nol gh'avéa miga pensào! Bravo! Te me gh'hai convenzùo. Te fàgo le ali."

"Grazie Deo!"

"Ma soltalto a ti, al verro . . . la fémena niente! A pìe!"

La fémena se mette a piàgnere deseperàda: "Ecco, ol savéo . . . sempre de contro a noàltre fémene! Me l'avéan dit che ti, Deo, ti era un po' mesògeno!".

"Tàse fémèna e sta in la tòa boàgna! Basta! Pitòsto ti verro, se te voi proprio portàrte la tòa fémena per el ziélo, te lo poi fare: te la embràsi tütta ben bene e ten vai volando."

"No, non pòdo Segnor. È emposìble, perché mi gh'ho le brassa cürte ... sémo slarghi ... sémo co' de le panze che no' finìsse. Come che se stregnémo ambrassàdi, co' tutto lo smerdàsso che gh'émo adòso, entànto che volémo, la méa scrofa scarlìga dei man e me slìsega de föra ... puhaam ... la presìpeta ... se schìscia par le tere e me resto senza fémena!"

"Ehee, ma ti te pensi che mi te podo farte le ali se no' gh'ho già avüt il pensiér, ante, de la solusiùn?"

"Che solusiùn?"

"Faghe mente! Mi t'ho fàito apòsta un pindorlón tüto sbìrolo come un cavabusción ... ti t'ambràssi la tua fémena e te lo ghe sfrìssi profùndo, te la strìsi de fròca de amòr e te poi andàr volando anca senza man! Nol te la devi tegnìre!"

"Grazie Deo! Nol gh'avéo pensàito!"

"Bon, adeso pónete en genógio che fago 'sto meracolo meravegiòso!"

El Segnor volse i ögi al ziél, fa un segn co' la mano santa e ... sfrum, sfram ... su la stcéna del verro ghe spónta le ali meravegiòse, d'argento!

La fémena lo ambràssa e dìse: "Ohi, l'è nasùo l'ànzelo dei porsèli!".

Ol Deo dise: "Férmete, no' te andar de prèscia. Ol gh'è 'na condesiòn: stàit aténto, le ali so' legàt co' la ciéra!".

"Co' la ciéra?"—fa il porco—"Come quèle de Icaro?"

"Sì, te gh'hai endovenàt. Ma cosa te ne sai ti dell'icaro?"

"No' te se desméntegare che noàltri porséli sémo dentro tüte le fàvule de Fedro!"

"Ohi!, a gh'émo un porsèlo classico! Chi l'avarìa mai ditto?! Alóra, tel cognóse ben quèl che gh'è capetàt a l'Icaro, che volando verso el sole ghe se son sparghegnà tüte le ale e l'è sprofondàt par tèra e ol s'è tüto stcepàt! Quèlo el pò succéder anca a ti. Aténto, alóra!"

"Sì, d'accordo!"

E ol vola via ol Deo.

Ol porsélo e la sòa fémena i resta lì un momento: ol porsélo prova a volare, *(mima i tentativi di volo del maiale)* fa un ziro, zira de novo: "L'è un plazér!".

"Ferma, aspècia, ambràssame, spircame!" vusa la scròfa.

Proock . . . Svrip, svop, svuom . . . fra le nivole i vola. La fémena crìa: "Che maravégia! Me par de esser in del Paradiso!".

"Paradiso? Ol tu gh'hàit rezòn! Andremo in Paradiso, mi e ti!"

"Ma no, non se pol. No' deméntegarte coss l'ha dit ol Deo Patreterno . . . che gh'è el sole . . ." "Ma no' gh'è besogna d'andàrghe col sole! Speciémo che ghe sia el tramonto, andarém con lo scuro, quando che gh'è note!"

"Ti ha un zervèlo davéra! Ma come fasémo a ciapàr 'na rencórsa tanto da rampegàrse, tüti embrassàdi, lassù?"

"Basta far 'na zivolàda!"

"Come, 'na zivolàda?"

"Prima se spargémo bélo ungi de grassa e de smerdàsso. Andémo, ecco, qua, végne, végne, végne, andémo sulla salìda longa che gh'è in su 'sta montagna, slassighémo giò per le valli, vai, vai, vai . . . Strìgneme! Vai, aténta che slargo le ali!" Puhaa! "Ieheee!"

I monta, i monta, i monta, cala una maravegiòsa ùffia de vento che va e che tira e arriva in fondo, i salta la luna e arriva in Paradiso.

Come i sont in Paradiso, oh Deo, Deo, maravegióso! A gh'è la fémena che quasi desvégne, o gh'è dei frùcti!, a gh'è delle pérseghe!, delle ciréise!, grande, grande . . . Oheu che grande! I par che i se pol stàrghe dentro in dói, imbrassài a sgorgognàr in de la polpa: "Varda quèlo, pare 'na cupola de catedràle, che meravégia!, andémo dentro!". Puhaa! I va dentro, se sròtola, se sprégna, i fa l'amore, i crìa.

Entanto, en quel momento, appresso, o gh'è tüti i santi del Paradiso e i ànzeli che canta le glorie del Signore. *(Esegue un canto liturgico con stonature in falsetto)* "Oheu che spüssa!" *(Si guarda intorno, continuando a cantare)* "Che tanfo tremendo!" *(c.s.).*

"Ma chi stona?!—arriva ol Padreterno—Che spüssa tremenda! Chi è che l'ha scurrezzà?"

E tütti se volta a sguardàrse entórno, e allora il Padreterno dise: "Ohi, so ben mi da dove vegne 'sta spüssa sgragagnàda! Jè el tanfo de 'sto maiale porsélo che l'è vegnüd chi lò in Paradis e che s'è infricà de següro deréntro la polpa dei frùcti! Alàrme, alàrme! Santi e beàti, catéme el porsélo e la sòa fémena! Chi de voi altri santi riussirà a catàrli, ghe fàgo un cerción d'aurèola come 'na cupola! Via!".

I ànzeli sòna le trombe: "Tàtàtàtàtààà!". Tüti i córe, i vanno! Par de essere a la caccia al cervo! E sübeto a gh'è la fémina che sente el criàre: "Andémo, scapémo, lanzémose giò per la terra!". Se ambràssono, co' le ali strengiüde, i bórla a picco: "Uuuahaaa!".

"Slàrga le ali adéso . . . sémo dopo la luna!" Puuhuaa!, se spalanca le ali . . . quarche pluma vola via . . . ma le tegne, le tegne, le tegne!

"Sémo salvi, ol sole non l'è ancora spuntào! Non è ancora spuntàooo!"

Praamm! El sole no' a l'è ancora spuntao ma spunta el Segnor Padreterno de una nìvola:

(sghignazza) "Ahaahaa, porsélo! Che te credevi ti? Sole! Spunta!".

"No, non vale padre! Non è ne le regole, l'è contro la natura . . . l'equilibrio del creato!" "Son mi l'equilibrio del creato! Mi fago le regole, e fago spuntare el sole come e quando me pare!" Wuuoomm! El sole végne fora "Brüsaghe le ale!" ordina el Deo.

Bruuhaa . . . arriva 'na sfèrzula sovra le ali, brüsa . . . böje . . . còte! Va via le piume, le penne va via. El porsélo resta sanza nagòta, pelà come un polàstro . . . presipeta: "Uuhaaaa! Se schiscémooo!".

Meravégia de tutte le meravégie, i va a sbàtere . . . a infrongàrse dentro un gran mastelón impiegnìo de boàgna, de spòrcoro, de scargàsso . . . Pruuahaaa! Pruumm! Tüti li sprüzzi de lo smèrdo so' sparà in alto, nel ziélo. Ol Padreterno che se spórge a controlà el posèlo ch'ol bórla giò, de bòto se scansa . . . che per puòco no' s'è sgorgognàa!

E pruuhaamm! Prooff . . . Puhaa . . . Sciaffrrr . . . Vuuaa . . . Ploploplo . . . Plo . . . Glo . . . Gloglogloff!

Ol porsélo sorte dal mastelóna: glogloglo . . . A gh'ha tüto ol naso schisciàdo coi do' bögi, che ghe resta per l'eterno, schiscià per puniziùn de quel volo... proprio come adéso.

Piàgne, piàgne el porsélo: "Deo!, che pünisiun tereménda che te m'gh'hait dàito! Le mie ale maravegiòse! Verra mèa . . . no' anderò gimài plu in Paradisooo!".

La fémena ol càta e ol tira derentro nello smerdàsso: "Vegne, bel porcón! Vegne co' mi embrassàto e conténtess, che ognùn gh'ha 'l suo Paradiso!".

The Dung Beetle

'O scarrafóne, scarcuràrio, annàva spignéndo 'sta enfroppàta enòrma, fratulénta, rutónna, de buàgna, la rutolàva e cantava felice:

"*Cohé ... Tonna ...*
Io sóngo lu sprignóne.
Ahhh! Ehh! Ahhheeé!
che spigne 'sta palla 'e stercuro!
Iheé! Ahhaà!
Ziraaa!
Gira la terra, lu sole, i chianéti e la luna.
Gira li stìddi e cuméte!
Oh cómme zira!
Gira lu mònno, gira ògne cosa, gira e ròta ...
sujaménte 'stu strunzo fermo stà!
Core, core, core ...
che fadìga, che sudore ...
Iàmma!, ihé ihé ihé!
Eìmme, tralallà."

Se sénte 'nu criàre: "Aìta! Aìta! ... M'uccide! Còmmo faccio io? Ah! Ahaaa!".

"Ma chi è?" e appare 'sto cunìjo. Arriva e se blocca: *(respira velocemente)* "Aha! Aha! Aha!"

"E che è?"

(Terrorizzato, indicando il cielo) "Guarda! Guarda! Guarda là . . . l'aquila!—en un momento, un'ombra lunga, nira, 'traversa lu terreno—Va cercànno a mmìa, me vole occìdere, se tu no' me salvi! Aìtame! Sàlvame! Famme de protettore!"

"Io? Protettore io?! Ma io so' l'ultima creatura de lu mónno! Tu me cojóna?"

"No, io te respècto, stercuràrio! Bacio le mani! Io te annòmino devànti a Dio, tu si protettore mio! E abbàsta accussì!"

"Se tu lo dici! D'accordo. *(Alza la voce)* Sono protettóreeee!! Tutta gente, fate attenzione! Sono 'u protettore eletto devànte a Ddìo!"

L'àquilla zìrra tonno-tonno, s'anfròcca all'empicchiàta, azzómpa lo conìjo: gniakke!, co' lu rostro du becco, su la capa!

"Aquila!, statte bona! Arrefréna! Slónzate, fémma stàje! Arrétate che io songo lu protettore sòio!"

"A chi? 'O scarraffóne? Ahaa! Ahaaaa! Aahahaha! 'O scarrafóne protettore è?! Spignemèrda! Abbràzzate lo tu' strunzo e scànsate!"

Co' 'na frappàta d'ónge, squarcia lu cunìjo . . . avre . . . sùccie le bodèlle . . . vola . . . po' retorna. Ne' lu zìro . . . 'nu pennacchio feténte co' lu culo . . . prach!, 'na sbroffàta in fazza a lu scarrafóne, e via che se ne va.

"Aquilaaa! Tu m'hai ufféso, io so' stato fatto protettore! Dio! Dio! Dio! Gesù! Vòjo sattisfazióne! Gesù, me sente? Aìtaaa!"

Da una nivola . . . zac!, sponta Gesù inchiovàto en croce: "Chi se'?".

"Nu' me reconósce? So' lu stercuràrio!"

"Lu stercuràrio . . . ah, 'o scarraffóne! E che è soccèsso?"

"L'aquila me s'ha atterrùto adduòsso a lu conìjo . . . povera creatura! Illo me ha nommenàto protettore. Io protettore? *(riassume in grammelot:, velocemente tutta la vicenda)* D'accuórdo . . . Arriva l'aquila . . . Arrétate! Ah, ah . . . 'na redàta . . . sgnaf . . . l'ha squarzàto, sconnésso! Divànti a mìa, lu protettore! Tu dive fa giustizia, 'nu dico pe' mìa, che a le frappàte 'e merda ce sò' abbituàto, ma pe' lo cunìjo, meschìnu annemàle, accussì devèlto, sbodellàto! Besògna che jostìzia tu jé fazza!"

"Scarrafóne, tu se' 'n'anemale endeféso e meschinèddu, d'accuórdo, ma jé pussìbile che per ogne setuazióne, sémpe ce duvìte acchiamàri a noàrtri santi, Madonne e Deo Patre pecché se fazza raggiòne? Arrepéto, tu si' piccirìllo assài, ma tu che forse tiéne inchiovàte le brazza come a mia? Li piedi enchiovàti? Acciecàto tu se'? E allora! Chi vole la jostìzia, se la fazza! E anch'io, enchiovàto en croce, no' sarìa s'avéssi fatto chillo che sto decénno a tìa! E ramméntate, che tu tini 'no zervello! Fallo razionà e recuórdete che tu si' rotulatòre . . . Varda in do' vola lu fiéténte!"

E via che, tutt'enchiovàto comme all'è alla cruóce, se ne va volànno come 'n'occéllo: un'ànzelo de legno.

'O scarrafóne, raggióna: "Dice che io so' rotolatóre . . . e de vardà in do' vola lu feténte? Hàggio capùto! Fulmenàto sóngo! Oiéh!".

Varda l'aquila in du ziélo che zira e vola 'ncoppa a 'na muntagna e s'arréta su 'nu picco: là c'è lu nido sòjo!

Lu stercuràrio se pone en cammino verso la muntàgna. Cammina . . . vola co' li so' alettìne e appreso dói ziorni ce zonze en zima . . . 'ndo' ce sta lu nido.

Dinta lu nido ce sta l'aquila che cova. Lu scaraffóne aspiétta che l'aquila se move volando attuorno.

Zompa deréntro a lu nido: "Che bell'ovi! Dùie!". E arrivato lu ruotolatóre! Spigne un'òvo, lu fa turnà . . . pluk, fusse merda . . . pluk! Fòra . . . plic . . . ròtula 'o fónno!

L'aquila en alto da lu ziélo: "L'òvi! Li piccirìlli a mìa!!! Me l'hai accìsi! Maleditto scaraffóne, t'ho vidùto!".

'O scaraffóne zira l'artro òvo . . . Ahiaii! . . . pliak . . . pliak . . . 'na frettàta pe' dódeci!

L'aquila se gitta a picco. Maledìtto! Si t'acchiappo!".

Chillo . . . plaff!, se affrìcca dinta 'na fissùra, 'n'anfràtto strìtto de la muntàgna: "Sono accà! Me vede nu' me vede! Me vede, nu' me vede! Songo accà, aquila! Végne deréntro ad accattàrme!". L'aquila spigne tutta la zampa co' l'ónchie e te resta infriccàta. Se tira fora, se sgarbélla, tutta ensanguinàta, cu lu becco s'ancriòffa: "Maledìtto!"—"So' qua!".

Trascùrre tutta 'na notte. In te lo scuro, lo scaraffóne se ne sorte e retuórna in de lo deserto, l'aquila manna gride desperàte: "No' puózzo famme scanzellàre totta la méa razza!" e accussì vola su 'n'artra muntàgna cchiù valta assàje dove ce sta la neve e lu jàccio: "Vójo véde se zonze fin'accà, lo scaraffóne!".

Ce fa lo su' nido, scudèlla le dói òve, co' 'nu friddo tremendo, s'enterrìzza, e va a volare, volare per scaldasse 'nu puóco. E lo scaraffóne: ptum, ptum, ptum *(ansimando)* "Aha, aha, aha!' se sbatte le zampétti per scaldàsse . . . de nòvo, zómpa in de lu nido e ròtula li òvi . . . swm, pua, tra, pua, tra!, se fa 'na valanga tereménda! "Noooo! Li mìi òvi!" Se aggìtta l'aquila. La valanga se spiàcceca.

De la muntàgna si aggìtta pure lo scarrafóne dinta la neve, ruótula: se forma 'na valanghìna, po' na valanghétta, 'na valanga, 'nu valangóne, arriva a lo fondo . . . bbllaakk!, se disfa e lu scarrafóne sorte embiancàto.

L'aquila volànno: "Dóe sée? Maledìcto stercoràrio! Dove te s'è cacciato?".

Ma accussì sbiancato, 'nu lo vede. L'aquila desperàta: "Chi me sarva mo'? Chi m'aita? Vago a lamentàmme da lu Patreterno! No, da lu Deo no' puózzo! No' puózzo, chè lo fijo sòjo s'è mettùto de la parte de lu scarraffóne! No' puózzo méttece patre e fijo l'uno cóntra all'altro. Vago da l'amperadóre, chillo è obbligato a aitàmme!".

L'amperadóre sta en coppa 'na torre e varda a bàscio contento e disce: "Che bello regno che tégno! Chillo è mio... tutto a mìa!".

L'aquila . . . voom . . . s'aréta en groppa a la so' spalla. "E che d'è?"

"Songh'io emperatore, l'aquila, nu' me reconosce? io so' lu to' sémbolo regale!, lu to' emblema!" "Ah sì . . . l'aquila! Te sconfùnno sémpe cu' lu corvo... no' t'offénde . . . Tu si lu méo onore, lo mio signo glorioso, tu sta' su le me bannére, perfino su la capa dell'elmo a mìa! E che l'è capitàta? Che puózzo fa' pe' te?"

"Ia avìa azzannàto 'nu conìjo che all'era prutètto da 'nu scaraffóne . . ."

"Nu scarraffóne . . . come a dì 'nu spignemèrda?"

"Sì, acchìllo!"

"No' ce aveva mai savùto che fusse 'nu pruotettóre!"

"Ne manch'io . . . fatto è, ch'io li haggio accìso lu so' prutètto, e illo, ziórno a ziórno, me ha scaraventato abbàscio li mìi òvi de lu nido . . . e li piccirìlli a mìa . . . spiazzegàti! 'Na vorta, dói vorte . . . 'na sfracassàta d'òvi! Tu me déi protézze, sarvà!, che puózzeno nasse vive, de li òvi, li me criattùre . . . si no, lu to' emblema è furnùto. Su' tòi bannére ce miétti 'nu corvo e in cóppa a lo to' elmo ce piazze 'nu bello scarraffóne rampante!"

"Va beh. Asséttate accà, en grembo dellu amperadóre e fatte le tòi òvi, parturìsse a ccà. Spìgne . . . forza che sòrte uno . . . doi òvi! Che bellezze . . . so' calde! Fa sentì? So' friésche? So' 'ngallàte? Si no te le engallàve io! Va buóno, va pure a volare tranchìlla ch'io le covo."

L'aquila vola, vola entuòrno, vola e se ne va.

L'amperadóre sta assettàto, s'accarezza le òve in de lo grembo: "Vòjo véde se lu scarrafón eha lu curàggio d'egnìrse a rotolàmme l'òvi fin' accà!".

Ma lu scarrafóne nu' sente raggióne e, anch'ìsso, vola abbrancànnose 'na palla de sterco grànne assàje. Vola en alto nellu ziélo, sovra la torre e, quànnno zònze encóppa all'amperadóre, ammòlla la mappàta tonna de stèrcuro . . . Ahaaaaa . . . che va cascànno jùsto en lo grembo dell'amperadóre, intramèzza le òva:

"Che d'è? Aha, merda!". E l'amperadóre de scatto s'arrìzza all'empiédi. Le dòi òve se arròtulano giù abbàscio per la torre, fino a lo fonno . . . sgniak . . . scarcagnàte.

(*Canta lo scarraffóne*):

> "*Àhie, àhie, àhie,*
> *l'òve an bàscio se dessénde . . .*
> *Áhie, àhie, àhie,*
> *se sfracàsseno a lo fùnno!*
> *Àhie, àhie, àhie,*
> *nu' le salva l'amperadóre.*
> *Ahie, àhie, àhie,*
> *s'è fatta 'na gran frittata!*
> *Àhie, àhie, àhie,*
> *lo scarrafóne l'ha vinciùta!*"

Morale. Cómme néllu finale de tutte le fàvule bòne: "Fàcce mente, si ti vo' acchiazzàre sotto lu péde 'na creattùra, pur'anco s'ella è piccirìlla accussì, repénsace e stàtte accuórto: l'è megliòre assàje che tu la respétti . . . sovrattùtto se spìgne merda!".

The Story of the Tiger

Quando sem desandui de la Manciuria con la Quarta, l'Otava Armata, la Setima, quasi intrega, a se caminava stresecando i pie ziorno e note; mila, mila érom e cargati de fagoti, sgrufati e fatigati e andavamo avanti coi cavalli che no' i resisteva e i moriva e magnávom i cavali, magnávom i aseni che i crepava, magnávom i cani, se magnava pur de magnare anca i gati, le luzertole, i rati! Che desenteria che ghe veniva! Che se cagava de 'na manera che credo che per secoli in quela strada creserà l'erba più alta e grassa del mondo!

Se crepava, co' i ghe sparava i soldati de Ciancaiscech . . . ghe sparava sti banditi bianchi, ghe sparava da per tüto ogni ziorno . . . in trapula se fegneva . . . o ghe speciava dietro ai muri in dei paesi, ghe velenava l'acqua e se moriva, moriva, moriva.

A semo rivati anca oltra Shanghai, a sem arrivà giusta, cu se vedeva alta devanti la muntagna del-l'Himalaia. E lì i nostri capi han dit:

« Ferma che chi a ghe pol esser 'na trapula, 'na imbuscada, ghe pal esser soravia qualchedun de quei banditi bianchi de Ciancaiscech che aspetan che passum nel canalon. Quindi tüti quei co' i l'è la reserva de drio andè sora là e ghe fet guardia che noialtri passemo. »

E noialtri se sem rempegati, rampicati in sima a ste vete, a la creste e a speciar de soravia che no' ghe fosse qualcun che ne sparava in tel cül. E lori, i compagni nostri, i passava, passava, passava e nu saludavan:

« Tranquilli che ghe sem nualtri a vardarve . . . Andè, andè andè! »

Passa quasi 'na giornata de passare-passare, finalmente a toca a nualtri. Desendemo.

« E adesso chi ghe varda el cül a nualtri? »

Desendemo con pagüra, vardar in fondo; quando semo dentro al canalon, de bota, salta föra de l'alto sti banditi, e comincia a spararne: PIM PIM PAM . . . a g'ho vista do sassi grandi, me son bütá fra meso drento, cuverto e sparavi: PAM! Vardo . . . g'avevo la gamba, quela senistra, foera, scoverta:

« Boja, speremo che no' i me la veda. »

PAM.

« Me l'han veduta! M'han becà de pieno la gamba, con una bala, passà de l'altra parte, sfiorà un cujun, catà quasi in pieno el segundo, se ne g'avevo un terzo cujun m'el stciopava! »

Un dulur!

« Boja—hoi dit—m'han catat l'oso! »

No, l'oso a l'era salvo.

« O m'han catat la vena granda . . . no, no' ven sangue. »

Ho schisciato, schisciato per far sortir del sangue. Caminato bon bon, reusivo a caminar un po' supeta. Ma, doi ziorni appreso, ha comincià la fevre, fevre che me bateva el cör, fin dentro al didun del pie: TUM, TUM, TUM. El ginögio se gonfiava, un gran bugnun de soravia a l'enguine.

« Gh'e la cancrena! Cancrena maledeta! »

Col sangue marscido co venia un male odor co spantegava tüto per aria e i me cumpagn me diseva:

« Sta un pö 'ndrio! Te spüset tropo! »

Han tajat do cane longhe, de bambù, de oto metri, anche diese. Do de me cumpagn se son piasà, vün de una banda in testa, l'altro in fondo con le cane in spala. Mi me sont metüo in tel meso pendüt con le asele, e caminavo pogiando apena i pie.

Lori andava col muso per aria, el naso tapà per non respirar tanfo.

A semo rivà 'na note, visin a quel co l'era el « gran mare verde », con tüta la note che criavo, biastemavo, ciamavo la mia mama. La matina, un suldà cumpagn a mi che ghe l'avevi caro come un fradelo, g'ha tirà föra un pistulun, l'ha piantà chì (*Indica la tempia*):

« Tropo te lamente, tropo veder sofregar no' se pode, dame a trà . . . 'na bala soltanto e l'è finida. »

« Grasie per la solidarietà e la comprension, capisco la bona volontà, sarà per un'altra volta, no' te disturbà, me maso mi co l'è el tempo. Voe resister, voe! Andeè pure che tanto no' ghe la fae pi a strasecarme. Andet via, andet via! Laseme chiloga 'na cuverta, 'na pistola co la tegno mi e un po' de riso in t'on basloto! »

E i sunt andai. I sunt andai. E quando i caminava impantegai in stò mare verde, mi g'ho comincià criar:

« Ehi cumpagn, compagni . . . boja! . . . No' ghe dighe a la mia mama che son morto marsido, dighe che l'è stà 'na bala, intant che ridevo! Ehi! »

Ma no' i se voltava, i facevan mostra de no' sentire par no' girarse a farse védare, parchè savevi ben: i g'aveva tüta la facia rigada de lacreme.

Mi me son lasà andà par tera, me son revoltolà tüto sü ne la coverta e g'ho comincià a dormire.

Non so com'è, nell'incubo dell'insognamento, me pareva de vedere el cielo pien de nivole che se spacava e come un mare

d'acqua che desendeva. PRAAMMM! Un gran tron tremendo!
Me son desvegiat. Ol mare davero: una tempesta, a tomborloni
tüta l'acqua dei fiumi se sbrugava, i torenti stciupava, l'acqua:
PLEM, PLUC, PLOC, PLAM, creseva a baso, me montava fino
al genögio.

« Boja, al posto che marsido finiso negato! »

A me son rampegato via, via, via, sü 'na scesa scarpada che
montava a l'insura in la gera, coi denci nei rami a tegnirme grampà;
i ungi me son spacato. Na' volta montà sul dosso, per traversar
da l'altra parte del pianone, so' metü a corere, strasicando la gamba
come morta d'on giopin, sunt saltat dentro a un torente e nodado,
nodado, a forza de brassa, dall'altra parte son rivà, me son
ingrampignat sü la scesa, e de bota davanti a mi gh'era . . . ohi!
'na grota granda, una caverna. Me son bütato derentro:

« Salvo! No' morirò negado . . . morirò marscido! »

A me vardo intorno, è scüro, me fago un po' d'abitüdin a i
ögi . . . a vedo de le osa, 'na carcasa de 'na bestia magnada, 'na
carcasa granda . . . d'un sproposito! . . .

« Ma chi l'è che magna in stà manera chi?! Ma che bestia a l'è
questa?! Speremo che l'abia fato trasloco, le e tüta la famegia,
che sia negata co' l'acqua che vene giò, co' tüti i fiumi! »

Bon, vago sul fondo de sta caverna . . . me stravaco . . . G'ho
cominsià a sentir batere de novo: TUM TUM el cör fin derentro
el didon del pie.

« Moro, moro, moro, vai morire! »

A l'improvisa, ne la luze granda, a l'entrada de la caverna vedi
'n'ombra come intaiada nel ciasmo. Un gran crapun. Ma 'na
testa! Doi öci gialdi, sferzulati de sfregasc negher . . . grandi
compagn de lanterne: che tigra! Ma che bestiön! 'Na tigra
'lefante! . . . Oeh! A la g'aveva in boca un tigroto, cun la panscia
impiegnida d'acqua. Un tigroto 'negato. Ol pareva 'na lüganega,

'na vesciga tüta pumpada. El lo büta per tera . . . TOOM . . .
spigne . . . con la sciampa sul venter . . . vien foera l'acqua . . .
BLOCH . . . de la boca; l'è 'negato proprio. Gh'era 'n'altro
tigroto che girava intorno a le gambe de la madre, che pareva
che el g'avesse un melon in de la pansa, ol se' trascicava par tera
anca lü pieno d'acqua. La tigre la valsa sü la testa, la üsma: USC
USN . . . l'aria de la caverna . . .

« Boja, se ghe pias la roba frolada son fotüt! »

La me punta . . . la vegne in avanti, la vegne! Sta testa che se
ingrandise, se ingrandise . . . la straborda . . . ! Me sento i caveli
andar par aria drisadi che fan in fino rumore . . . GNIIAACH!
. . . se drisa i peli de le öregie, i peli del naso . . . e altri peli: 'na
spasula!

« La vegn, la vegn, l'è chi-loga, cun la facia la me üsma! »

« AAAHHAARRR! »

E la va via sculetando, la va in funda, la se stravaca in funda
se tira contro la panscia el so fiulot, el tigroto. E vardi che g'aveva
delle zinne piene de late che quasi stciopava, che l'era ziorni e
ziorni che no tetava nissun co' st'aqua che veniva zo. E daspo'
un fiuloto, l'altro tigroto, a l'era morto negato . . . La mama
cascia visin la testa del pícul a la zinna e la fa:

« AAAHHAARRR! »

El tigroto:

« IAAHHAA »

« OAAHAARRR! »

« AAAAH! »

«OAAHAARRRRR! »

« IIAAAHHH! »

Una scena de famiglia! A el g'aveva reson sto povero bambin
del tigroto; a l'era pien d'acqua fin a la gola che pareva un bariloto
. . . cos te voi fare? L'aggiunta del late, coresion de capucino?

Fato stà che el tigroto a l'era scapat in fondo a la caverna . . . e ol rognava:

« AAHHAAEEAA. »

La tigre incassada! La se volta a vardarme, la se tira in pie e la me punta. E la me punta mi! Oh boja, s'è incasada col fiol e vien a torsela, a sfogarsela con mi ades?! Cosa c'entri mi? Oh, sunt gnanca de la famiglia!! IGNAA TUM, TUM, TUM (*Imita il rumore dei capelli e dei peli che si raddrizzano*) spasula! La ven visin, ogi de lanterna, la se volta tüta de qua, PAC! 'na teta in facia.

« Ma l'è la manera questa de masare la zente a tetate? »

La se gira con la testa e la fa:

« AAAHARR » come dir: « Teta! »

Cati el bireu de la teta . . . pogi apena i labri . . .

« Grazie, tanto per gradire. » (*Mima di assaggiare appena dal capezzolo*).

L'avessi mai fato! La s'è vultada cativa:

« AAHHAARRR!»

Che guai a le tigri farghe ol despeto de l'ospitalità! Deventan de le bestie! G'ho ciapá la teta e . . . CIUM, CIUM, CIUM. (*Esegue la pantomina del tettare veloce e goloso*). Bono el late de le tigri . . . bono! Un po amarö, ma caro, cremoso: andava giò slisigoso così, ol se revoltava nel stomego tüto vodo . . . PLOC, PLIC, PLOC! Poe trovava la prima büseca . . . TROC se spantéga in tüte le büseche vode, co erano quindese ziorni che no' magnavo . . . PFRII, PFRII ol late che sbrasegava de far scurlegare tüto. Quante büseche che g'avevo! Finito, PCIUM, PCIUM, PCIUM, g'ho fait 'na pieghina. (*Mima di fare una piega alla mammella svuotata come fosse un sacchetto*)

« Grasie. »

La fa un passo avante, TAH: 'n'altra teta! Le tete che g'han le tigri! Che teteria! G'ho scumincià a tetarne 'n'altra, volevi bütarne foera, ma quela che stava sempre cussì, puntada a controlarme . . .

Che se büti via 'na gota de late quela me magna intrego. Ciapa gnanca fiat: PCIUM, PCIUM, PCIUM! tetavi, tetavi. Andava giò el late, cominciavi a sofegare. PLUC, PLIM, PLOC, me scoltavo el late andar perfin nei veni de la gamba. Fato stà che, sarà l'impresion, sentivi sbater meno el cör. Me sentivi anca . . . che andava el late nei polmoni. G'aveva el late dapartüto. Finito, PLOC: se volta, 'n'altra teteria! Pareva de esser in fabrica a la catena de montagio! La pansa sempre più sgionfiada, piena, piena. S'ero via giò così, incrusciato con la panza sbulenta che me pareva de eser un Budda. PITOM, PITOM, PITOM, rigutoni. G'avevi el cül co le ciape strete, stringate strence!

« Che se me ariva la disenteria de late, che sbrofi, quela s'incasa, me ciapa, me pucia dentro el late come fudes el biscoto nel capucino, la me se magna! »

Ciuciava, ciuciava e ciucia, ciucia, ciucia, a la fine, caro mio, ero impregnido, imbriagato de late, no' capiva più gnente. Sentivo le öregie che vegniva foera el late, da le öregie dal naso a gorgoja! PRUFF . . . no' respiravo . . . PRUUUFF!

La tigra finito el servisi la me da 'na lecata dal baso tüto in alto sul muso: BVUAAC! I ögi che me va in sü come un mandarino. Poe, la va in funda tüta sculetona, la se büta par tera, la dorme . . . el tigrotto dormiva già. Mi tüto impiegnido, sempre fermo. (*Mima l'atteggiamento statuario del Budda*).

« Che guai, che se movo puranco i ögi, stciopo . . . PFRUUH! »

No' so come, me son dormentato, calmo, tranquillo, compagn d'on fiolin. La matina me svegi ero già un pò vodo, tüto bagnado de late intorno partera . . . no' so cosa a l'era capitat. La tigre, vardo, no' gh'è, gnanca el tigrotto. Sortiti . . .

sarà andati via, andati via a pisare. Specio un pò . . . ero preoccupato. Ogni momento che ascoltavo un rumore avevo pagüra che rivase qualche animal foresta. Magari qualche altra bestia feroce che vegniva dentro. Podevi miga dirghe:

« Scusi, la signora non c'è, è uscita, torni più tardi, lasci detto. »

Speciavo preoccupato, finalmente, la sera, torna . . . torna la tigre. Tüta bela sollesada, g'aveva già de novo le zinne un pò pregnide, no' come el ziorno avante, che stciupava, ma metà, 'na bela impegnida e apreso riva anco el tigroto. Apena la tigra riva in caverna la fa 'na usmada, varda intorna, la me scorgia e me fa:

« AAAHHAAARRR » come dir: « Te sè a mò chi? »

E anca el tigroto fa:

« OOAAHHAA. »

E i van in funda. La tigre se stravaca. El tigroto, g'aveva un panscin un pò men sgiunfà d'acqua, ma ogni tanto: BRUUAAC! ne vomegava un goto, ol se büta là visin a la mama. La mama ciapa pian pianin ol crapin, ghe mete visin a le zinne:

« IAAHAA! » (*Mima il rifiuto del tigrotto*).

La tigre:

« OAAHAA! »

« IAAHAA! »

Via che scapa el tigroto . . . No' voleva saverghe pi' de roba liquosa. (*Mima il gesto della tigre che si rivolge al soldato. E il soldato che ormai succube si appresta a lasciarsi allattare*).

PCIUM, PCIUM, PCIUM! Che vita! Intanto che mi tetavi le, la comincia lecarme la ferida:

« Oh boja, l'è drè sagiarme! Se adesso ghe piasi, intanto che mi teto, lée la me magna! »

Invece no, la lecava, la lecava: la me voleva medegare.

La comincia a ciuciarme la marscia che gh'e in t'el bugnon. PFLUUU WUUAAMM spüdava foera PFLUUU me svodava tüto: WUUAAC! Orco can che brava! La spantegava tüta la saliva, la bava che g'han loro così spessa söra la ferida. E de bota m'è vegní in ment che la bava de le tigri, a l'è un medigamento meravegioso, meracoloso, 'na medicina. Me son recordat che da picolo, al mio paese, vegniva dei vegéti co i l'era dei mediconi, dei stregoni-stregonassi, che i 'rivava con dei baslotin impiegní de la bava de la tigre. E i andava intorna a dir:

« Zente, done! No' gh'è late? Deghe 'na rusmadina sui zinne . . . E TOCH! Ve vien dei tetoni da stciopare! Vegi, a g'avé i denti che i borla? 'Na sfregada sui gengivi . . . THOOMM, se incola i denci come zanne! A g'avé dei fruncolon, dei bugnuni, dei scrustun . . . la marscia? Una gota: via, va via tüto! »

A l'era vera, l'era meracolosa sta bava! E l'era propio bava de tigre, no' gh'era trüco. Andava proprio lori. Pensa el coragio che g'aveva sti vegeti-mediconi, loro de persona andava a torsela la bava de la tigre, dentro la boca de la tigre, intanto che la dormiva, con la boca sbragata . . . PFIUUTT! . . . PFIUTT (*Gesto rapido di raccolta*) e via che i scapava! Se cognoseva quasi tüti perché i g'aveva el brascino corto. (*Indica un monco*) Incidente sul lavoro!

Ben, sará stata l'impresiün, fato sta che intanto che le la lecava, la ciuciava, mi, sentiva el sangue sbuionarse tüto da capo. O sentiva tüto el didon de novo. El ginögio cominciava a moeves . . . , me se moveva el ginögio! Boja, l'è la vida! A geri cussì contento che g'ho comincià a cantare intanto che tetavo: a buffar. Me so sbagliato: al posto de tetare, g'ho bufà dentro . . . PFUM . . . PFUM . . . PFUM un balon cussì! (*Fa il gesto di sgonfiare rapido prima che la tigre si accorga*) . . . tüto foera. La tigre contenta tüta cussì (*Espressione soddisatta della tigre*) la me fa la solita lecada, e la va via, in funda. Bisogna dir che intanto che la mama la lecava, el tigroto stava lì a vardar tüto curioso. E, quando la mare la g'aveva finio, a l'è vegnudo visin col linguin foera, come a dir:

« Leco anca mi? »

I tigroti son come i bambin, tüto quelo che i vede far da le mame, i vol far anca lori.

« Te voeret lecare? Bon, ma atento co' quei dencit gussi, quattro ghei (*E gli mostra il pugno*) sta tento a no cagnare eh! »

L'è vegnudo visin ... TIN ... TIN ... TIN ... el lecava ... che me faseva galittico con quel linguin ... Dopo un pò: GNAACCHETA! 'na cagnada! G'avevo i so cujuni lì d'apreso: PHOOMMM! (*Fa il gesto di tirare un pugno*). Un casutun! GNAAA! Come un gato fülminà. G'ha scominsà a corere su la mürada intorno, dentro a la caverna, che el pareva in moto.

Subito farse rispetare da le tigri fin che son picole! E defati, da quela volta, quando che el pasava d'apreso, caro, miga andava de profilo, stava atento! Andava tüto così. (*Con le braccia e le gambe rigide, incrociandole alternate, indica il tigrotto che passa camminando di traverso preoccupato di tenersi distante e coperto da eventuali cazzotti sui testicoli*).

Bon, la tigra dormiva, s'è indormito el tigroto e anca mi me son indormentà. Mi quela note g'ho dormí sano e tranquilo. No' g'avevi più dolore. A me sognavo de esere a casa mia co' la mia dona che balavi, co' la mia mama, che cantavi! La matina me sveglio, no' gh'è ne tigre ne tigroto. Sont andati foera.

« Ma che rassa de famiglia l'è questa chì? No' stà un momento in casa! E adeso chì me cüra chì a mi. Eh? Queli a son capaze de restare intorna 'na setimana. »

Speciavo. A vien la note. Foera anca la note.

« Ma che rassa de mama l'è quela lì? Un fiulin così ziovane, menarlo intorno a slonzola de note! Ma quando l'è grande, cosa diventa?! Un selvatico! »

Ariva el ziorno dopo; a l'alba i torna, a l'alba! Cussì, come gnente i fosse. La tigre g'aveva in boca un bestion masato, che no' so cos'era. Un cavron gigante che pareva 'na vaca . . . Con dei cornoni! Ariva dentro sta tigra: SLAAM sbate par tera la bestia. El tigroto el pasa davante el me fa:

« AAHHAARR » cume a dire: « Lu masà mi! » (*Mostra il pugno e mima la reazione del tigrotto che terrorizzato si mette a camminare di lato*).

Ben, tornemo al cavron. La tigre tira foera un ongia tremenda. Mete giò sbracat co' la pancia par aria sta cavra. VRROOMM 'na slérfora . . . UUAACCH . . . la dervise tüto el stomego, la pancia. Tira foera corada coradela, tüte le busche che g'aveva dentro, el coer, la milsa . . . BORON . . . BORON . . . l'ha raspado tüto, tüto netado . . . Ol tigroto . . . TLIN . . . PLIN . . . PLON . . . salta dentro! La tigra . . . che incassada!

« OOAAHHAAAA! »

Che guai a le tigri andarghe dentro ne la minestra coi pie . . . Deventa de le bestie! Poe, le, la tigra l'è andada dentro co' tüta la testa ne la panscia, ne la caverna de lo stomego . . . Anca el tigroto dentro . . . OAHAGN . . . GNIOMM . . . UIIGNOOM . . . UAGNAAAM . . . GNOOM . . . se sentiva un fracasso . . . de sfragnarte le öregie.

Un'ora, e i g'aveva magnà tüto! Tüti i osi puliti, lì lassadi. Gh'era vansà solamente la ciappa co' la coa, la gamba, el ginögio de la bestia, el sciampon in fondo. La tigra se volta e la fa:

« OAAHAA » come dir: « Te gh'è fame? »

L'ha ciapà tüto el zampon, me l'ha sbatü la:

« PROOMM . . . » come dir: « Fate sto spuntino. » (*Gesto d'impotenza*).

« FHUF . . . Mi magnarla? Ma sta roba chì l'è de legno. Mi no' g'ho i denti come ti . . . varda che l'è tüta un curáme varda che slegna! E poe la grassa col pelame. Tüti sti gnochi de grasso. Ghe fudés un po' de foego de metar sü per un par de ore a far rustegar! El foegu, boja! Giusto, gh'è la legna! Che la piena g'ha portà tanti de quei zucun d'alberi. Vo foera, che za caminavi, un po' zupin zupeta. Foera, davanti alla caverna gh'era dei zuncun de legna, g'ho comincià a strasicare dentro dei bei tochi e poe dei rami. Ho butà sü 'na mügia de legna cussì, poe ho ciapà de l'erba seca, de le foegie co' e l'era lì, poe g'ho metü do corna in crose, do ossi in crose e soravia, per far de spedio, ol gambon; poe ho cercà dei sassi tondi, quei bianchi de súlfero, che a suffregarghe insembia ol fan le sintille. Ghe n'ho trovà doi, bei, me son grisidato so . . . PSUT . . . PSUT . . . TAC (*Fa il gesto rapido di strofinare con forza fra loro le due pietre*). loro due pie-quatro steline proprio . . . le tigri che g'han pagüra del foegu, la tigre in fonda:

« OOAAHAAA! » (*Fa il gesto di rizzarsi minaccioso*).

« Beh? Se gh'è? T'è magnà ti la tua carnascia schifusa, crüda, sanguagnenta? Mi me piase cota, va ben? E se no' te va, menare! » (*Indica la tigre che si accuccia intimidita*).

Subit, subito prender el sopravento co' la femena! Anco se l'è selvateca! Me son metü lì coi sassi . . . FIT . . . PFITT . . . PFIITT . . . el foegu! . . . el monta, el monta . . . ! vegn sü le fiame . . . OUACC . . . tüta la grassa comincia a rosularse, va giò la grassa deslenguida sul foegu . . . Monta un fumo nero, spesso. Va verso el fondo. La tigra appena ghe riva adoso la nivola la fa:

« AAHHHIIAA. » (*Ruggito che ricorda uno sternuto*).

« Da' fastidio il fumo? Fuori! E ti, tigrotto! (*Lo minaccia col pugno. Quindi mima il tigrotto impaurito che esce camminando sempre di lato*) Via! »

E mi rosola, rosola, rosola, tira, tira e gira FLOM . . . PSOM . . . PSE . . . sento 'na spüsa de selvadego che vien foera.

« Orco se ghe füsse quaicosa per odorarla sta carna . . . Giusta, de foera gh'evo visto de l'ajo selvateco. »

A vago foera, soravia, sì proprio lì, ciapo foera un bel cujunun de ajo selvadego. THUM . . . Poe, vedo anco una sferzula verde, tiro:

« Scigula selvadega! »

Trovi anca de quei peverini spisigosi . . . Cato una scaia d'osso, ghe pico dentro dei taj nel sciampón, ghe spregno dentro nei bögi de chi e là, teste de agio, de scigula, peverini . . . Da po', via: cerchi del sale, che certe volte gh'è el salgema dentro le grote. Trovo solamente del salnitro.

« Va ben lo stesso, pecato che el salnitro l'è un po' amaröe. Poe g'ha el guaio che, co' el foegu, magari el stciopa, ma no' g'ha importansa, basta starghe atento. »

Ghe pica dei gnochi de salnitro dentro i taj da partuto. Dopo un po', infati, la fiama . . . PFUM . . . PFAAMM . . . La tigre:

« OAAHHAA! » (*Mima la tigre che si spaventa*).

« Roba de omeni! Foera, via de la cusina! »

Gira, gira, gira . . . vien sü el fümo ciaro . . . un par-fümo! Dopo un'ora, caro mio, gh'era un savore delecato col montava.

« Aha, che bon! »

SCIAAM ciapi 'na slerfa de carne . . . (*Mima di assaggiare*) PCIUM . . . PCIUM . . .

« Aha che bontà! »

A l'era ani, ani che no' magnava 'na roba cussì. Che gostoso, che delicato dolze. Vardi, gh'era el tigroto . . . che l'era vegnudo dentro, picolo co l'era lì, che se dava dei lecade sui lavri.

« Te voeri saggià anca ti? Ma tanto l'è roba che la te fa schifo. Te voeri proprio? Varda: (*Indica rapidamente taglio e lancio di un pezzo di carne che il tigrotto inghiotte in un attimo*) op. »

Saggia, manda gió, poe, el fà:

« OAHA! »

« Bona? Piase? Scostumà! Tho chì, oplà » (*Nuovamente mima taglio, lancio e l'abbuffata del tigrotto.*)

« EHAA . . . GLOP . . . CL . . . OEE . . . GLO. OEHAA-HHAA! »

« Grassie, grassie . . . l'ho fait mi, sì. Te voeret an mò? Tento, se lo sa la toa mama che te magni sta roba chì . . . »

Ciapi un bel slofot de carne . . . del fileto:

« Mel tegno mi, e questo chì l'è tropo, che l'avanzo: tegne tüta la gamba. »

BLUUMM . . . ghe 'rivada in facia, l'è andè par tera. L'ha tirà sü che l'è andá avante inciuchido. Arriva dentro la madre: 'na scenada!

« AAHHAAA cosa te magnet sta sporcheria de carna brusada?! Vien chì, da chì, AAHHAAAAA. »

« OOHHOOOCH. »

Ghe resta un toco de carne in boca a la matre che la manda giò, ghe piase:

« UAAHHAAA! »

« UAAHHAA! » (*Mima madre e figlio che si azzuffano per la carne*).

« . . . PROEMM . . . SCIOMMM . . . UAAMM . . . »

L'osso: bianco! Poe, la tigra se volta verso mi, la fa:

« OAAHAAAA, ghe n'è pü? »

« Ohe! Questa chì l'è mia! » (*Indica il pezzo di carne che ha tolto poco fa*).

Intanto che mi magnava, la tigra me veniva visin . . . mi credeva che volesse magnarme la carne e invece vegniva per lecarme, per medegarme la ferida. Che brava persona! M'ha lecado, poe l'è andada al so posto, s'è metüda stravacada. Ol fiolin dormiva già, mi ho dormì.

La matina me sveglio, no' i gh'è de novo! L'è sempre abitudine cussì. Specio tüta la giornata, no' i ariva. No' ariva gnanca più tardi. Mi a g'ho un nervoso! El giorno dopo no' i torna ancora!

« Chi me leca mi, chi me cura? No' se pol lassar de la zente cossì in casa! »

Arriveno tre ziorni dopo.

« Ades ghe fo 'na scenada, ghe fo! »

Invece resto senza fià, basito propri. Perché 'riva dentro sta tigre, a la g'ha 'na bestia intrega in boca! El dopio de quela de l'altra volta. Un bisonte selvatico . . . so mica cossa foesse! Anca el tigroto aiutava a portarla. E vegnivano avante tüti e do: BLUUMM de traverso . . . come imbriaghi per la fatiga. PROOM . . . ariva lì davanti a mi. PHOAAHHAAMM . . . (*Mima le tigri che scaricano l'animale ucciso*). La tigre fa:

« HAHA . . . HAHA . . . » (*Imita l'ansimare della tigre*). E poe:

« AAHHAAAAA! » Come dir: « Cüsina! »

(*Si porta le mani, disperato, sul viso*). Guai dar i vissi a le tigri!

« Ma ti ti g'ha capì male tigra, scüsa. Adesso mi me meti chì a brusatam, a spadelar avante in drèè in cusina intant che ti te veè a spaso eh?! Ma cossa so' deventà? La dona de casa, mi? » (*Mima la tigre rampante che si prepara ad aggredirlo*).

« OOAAHHAAAOOAAHHAAAAOO! »

« Ferma! OHO, OHO . . . OHO! se fa così per dire no? No' se pol più parlare? Un pò de dialettica! . . . Va beh . . . va beh. . . OHEOH . . . no' metterla giò dura! D'accordo, faccio il cuoco . . . cüsino mi. Però vialter andì a tor la legna! »

« OOAHAAH? » (*Indica l'atteggiamento della tigre che finge di non capire*).

« No . . . no . . . non far la fürba, te capisse cus'è la legna?

Varda lì, vegne de foera. Questa l'è la legna, i sucotti l'è lì, porta subeto dentro tütti sti tochi. »

L'aveva capit e come! L'ha catat subito la legna, tüti i sucoti, avanti e in dietro che dopo un'ora gh'era piena metà de la caverna.

« E ti? Ohe tigroto, bela la vita, eh? Con i man in sacoccia! » (*Rivolto al pubblico*). G'aveva proprio i man in sacoccia! G'aveva pogià i didi ripiegà sora do righe nere, qui (*Mette le mani sui fianchi*) a far credere che i fosse in sacoccia!

« Avanti! Lavorare! Te disi mi cosa devi far: scigula, aj selvatico, peverón selvatico, tüto selvatico. »

« AAHAA? »
« No' te capise? Bon te lo imparo mi: varda, là, quelo là, l'è scigula, quello là l'è un peverun. »

E poareto andava avanti e in dreé sempre con la boca impregnida d'ajo, peveroni e scigola . . . aha . . . che dopo do tre ziorni, ghe sortiva un fiato che non se podeva starghe visin: una spussa! E mi tüto el dì lì intorno al foegh a rusular, che me stciupava tüto . . . g'avevi tüti i ginögi brüsadi, cujun insechidi. G'avevi tüta imbrusata la facia, me piagnevano i öci, brúsan anca i caveli, rosso davanti, bianco de drio! No' podevo cusinar con le ciape! 'Na vita de vaca propri. E loro i magnava, 'na pisada, tornava a dormire. Ma digo: « L'è vita questa qua? »

Ma mi una note che ero lì che me brusava dapartuto ho ditto:

« Basta! . . . Mi tajo la corda. »

Intanto che tüti e do dormiven pien de roba che li avevi inciuchidi aposta, vo' gatoni inverso la sortida . . . son per sortire, son quasi föra . . . El tigroto el monta a criare:

« AAHHAAAAAA! . . . , mama el scapa! . . . »

« Tigroto spia! Un dì o l'altro te strapo i cujuni coi mani, i fo in umido e ghe i do a la tua mama de magnare con dentro el rosmarino! »

Piove! De bota se mete a piover: 'na tempesta a l'imprevista. M'è vegnì in mente la pagüra che g'han le tigre de l'acqua. E alora me so büta foera de la caverna, me son metü a corer giò per la scesa che gh'era el fiume . . . me son büta derenta al fiume . . . nodare . . . nodare . . . nodare! . . . Ariva föra le tigri:

« OOAAHHAA! »

E mi:

« OOAAHHAAHHAA! » (*E trasforma l'azione della nuotata nel classico gesto scurrile di chi è riuscito a fregare qualcuno*).

A son rivato dall'altra parte del fiume e me son metü a corere. Camminare dei ziorni . . . de le setimane, un mese, do mesi . . . no' so quanto ho caminà. No' trovavo 'na capana, no' trovavo un paese, me trovavo sempre in foresta. Finalmente 'na matina arivo proprio in cop a un puggioe, vardo ne la valle che se slarga de soto. A gh'era tüto cultivà, vedo case li soto, un vilagio . . . Un paese! Con una piasa, a gh'era de le done, dei fiulit, dei omeni che i era lì.

« Oho, zente! » Son borlà giò corendo. « Son salvo ehi gent, sont un soldà de la Quarta Armata, mi son . . . »

Apena i me vede rivare:

« La morte! Un fantasma! »

Via che scapano dentro le capane, dentro le case. E i se serano dentro con i paleti a le porte, con i cadenassi.

« Ma perché . . . un fantasma, la morte . . . ma perché? No zente . . . ».

A me vardo davanti un vetro de 'na finestra che me fa de specio. Resto come spaventato: g'avevo tüti i caveli drissadi, bianchi, una facia tüta brüsata, nera e rosa, i ögi che i pareva carboni pizadi! Parevi propri la morte. Sunt scapat a 'na fontana, me son bütato drento . . . comincià a lavarme a sgurarme con la sabia, con tüto. Son vegnudo foera netá.

« Zente, vegnì de foera! Toché . . . sont un omo vero, el sangue, le carni son scalde . . . vegnì, vegnì a sentirme . . . non son la morte. »

Vegniven foera con un pò de pagüra. Dei omeni de le done, dei fiulit, me tocaveno . . . e, intanto che i me tocaveno, mi contavo: (*Riepilogo veloce semigramelot*).

« Mi son de la Quarta Armata, son vegnü giò da la Manciuria. Quando i me g'ha sparà su l'Himalaja, che m'han becà a la gamba, sfiurà la prima e la segunda bala . . . me punta el pistulun: "Grasie sarà par un'altra volta". PROM, me so adormentato, PROM, la piova e l'acqua, l'acqua, PROM, me son in una caverna, riva la tigra . . . tigroto negato . . . e quela vegniva avante, drissa tutti i peli . . . 'na spassula! Tetata, e mi teta, teta, teta, tanto per gradire! la se volta tetateta . . . vien quel altro: PIM AAHHAA. Casutun in di cujuni . . . quand de le altre volte: BROMM un bestion e mi rosola, rosola, rosso davanti bianco de drio! SCIUM! Manca el scapa! Te strapi i coion! AHHAAHH e sunt scapà! »

Intanto che mi contava la mia storia, gh'erano quei che se guardava vün l'altro, fasevan facie e i diseva:

« Ma poarin, ghe g'ha dà de volta el cervelo . . . che spavento che deve aver a torse, l'è diventà mato poverasso . . . » E mi:

« No' ghe credè? »

« Ma sì, sì, e come nò? Normale tetare le tigri . . . tüti tetano le tigri! Chì gh'è de la zente deventà grande tetando tigri! Ogni tanto fanno: "Dove te va?". "A tetar la tigre". E poe la carna cotta? Oeh . . . come ghe piase! . . . golose de carne cota le tigri!!

G'avemo 'na mensa aposta per le tigri . . . co' le vegnen gió aposta
'na volta la setimana per magnar con noialtri! »

Mi g'avevi l'impresiun che me ciapassero un pò per el cül.
In quel momento se sente criare de le tigri: « AAHHAA-
AAAAAA . . . » el ruggito! In sima a la montagna a l'è spontà
tüto ol profilo de do tigri. El tigroto l'era diventà grando me la
tigra. L'era passato dei mesi . . . Pensa, m'avevano ritrovato dopo
tanto tempo! La spüssa che dovevo aver lasato intorno!

« AAAAHHHAAAA. »

Tütta la zente del vilagio che i criava de spavento: « Aida! Le
tigri! »

Via che scapaven drento a le case a serarse coi cadenasci.

« Fermi, no' scapè . . . son i me amisi, son quei che g'ho
dito. El tigroto e la tigra che me tetava. Vegnè foera, no' g'avè
pagüra. »

Le tigri le vegniva giò tüte do . . . BLEM, BLOOMMM,
BLEM, BLOOM, quando sono rivade a diese metri de destansa,
la tigra matre la g'ha comencia a farme 'na scenada! Ma una
scenada!

« AAHHAAAAA bela recompensa, dopo tüto quelo che g'ho
fato per ti, che t'ho anca lecà OOHHAAAHHHAAAA che t'ho
salvà la vita! EEAAHHAAA che gnanca per un mio mastcio lo
g'avaria fato . . . per un de la mia famegia . . . EEOOHHAAA
che te ne g'ha piantà li OOHHAAHHAAA e pö te ne g'ha
insegnà anca a magnar la carne cota, che adesso che tüte le volte
EEOOHHAAHHAA che magnem la carne cruda ghe vien de
vomegare . . . ghe vien la desenteria, stemo male par de le
setimane AAAHHAAAHHAAA! »

E mi de ribatun:

« OOHHAAAA perché, vialtri cosa g'avè fà? Mi, te g'ho salva
anca mi, AHAHH co' la tetada, che se no sciopava . . .

AHOLHAAA! E quando pò g'ho rosolà! rosolà! che g'avevo anca i cujuni stcepadi, eh? AAAHHHAAA. E ti stà bon eh . . . anca se te sè grosso . . . » (*Mostra il pugno al tigrotto*).

Pö, se sa, quando in una famiglia se ghe vol ben . . . 'emo fato la pace. Mi g'ho fato 'na gratadina sota al barboso . . . La tigre me g'ha dà 'na lecada . . . el tigroto m'ha dà 'na grafignada lezera . . . mi g'ho dà 'na paca così . . . G'ho tirà un po' la coa a la madre . . . G'ho dà na sberla sui zinni che a lè ghe piase, 'na pesciada in te i cujuni al tigroto che lu l'era contento. (*Rivolto alla gente rinchiusa nelle case*).

« Gh'emo fato la pase, zente, vegnì föra . . . niente paura, niente paura! » (*Alle tigri*):

« Stà drento coi denti ti, AAAMM cossì. (*Copre completamente i propri denti con le labbra*). No' far vedere AAMMAA. Le onge drento nei zampi, drento i unge, soto le ascele . . . camina coi gumbet, cussì. » (*Esegue*).

La gente comenza a vegnir de föra . . . una caressina pian sul crapot de la tigre . . . « Va che bela! » guruguruguru . . . quell'altro . . . lélélélé . . . e VLAAAMMM! leccadi che non finivan, grafignatine, testade, anca el tigroto. Poe i fiulit, quatro bambin, i saltà sü la gropa de la tigre. Son saltà in quatro PLOM . . . PLOM . . . PLOMMM . . . la tigre la marciava, la faseva el cavalo. Poe se roversava par tera. E altri quatro fiolot, g'han ciapì la coa del tigroto e i tiraven. (*Mima il tigrotto trascinato a rovescio che cerca di far resistenza affondando le unghie nel terreno*).

« AAHHAAHH. »

E mi sempre fermo, (*Mostra il pugno*) ghe andavo a drio . . . che le tigri g'hanno una memoria!

Poe g'han comincià a giugà, a rotolarse a far i pajasi. Bisognava vedere, ziogavano tüto el ziorno co' le done, coi fiulin, coi cani,

coi gati, che ogni tanto ghe ne spariva qualchedun, ma non se
ne incorgeva nissun, che ghe n'era tanti!

Un ziorno che i l'era lì a rotolare, se sente la voce de un
contadin, un vegéto, che arivava de la montagna criando:

« Aiuto, aiuto zente, al mio paese lì, i son arivà i banditi
bianchi! Son drio a masarghe tüti i cavai, ghe masa le vache. I
ghe porta via i porzeli . . . e anca le done . . . Vegnit a darghe
aiuto . . . porté i vostri fusili. »

E la zente:

« Ma noialtri no' g'avemo fusili! »

« Ma gh'emo le tigri! » digo mi.

Ciapemo le tigri . . . BLIM . . . BLUMM . . . BLOM . . .
BLAMM . . . BLAMM . . . BLAM, se monta su la culina, se
desende da l'altra parte al paese. A gh'era i soldati de
Ciancaiscech che sparavan, sbusavan, rubavan.

« Le tigri! »

« AAAHHHAAAAAAA. »

Apena g'han visto e sentì ste do bestie, i suldati de
Ciancaiscech ghe se stcepat la cinta dei pantaloni, ghe andà giò
le braghe fino ai genögi, se son cagà su le scarpe . . . e via che
son scapai!

E da quel giorno, tüte le volte che in un paese vicino arivavan
quelí de Ciancaiscech ghe vegniva a ciamarghe:

« Le tigri! »

E noi via, che arivavum, magari ne lo steso tempo: una de
chì, un de là. Ghe ciamaven dapartuto, arivaveno fino 'na
setimana prima a prenotarse. Una volta dodese paesi insema . . .
Come se fa?

« Gh'emo do tigri . . . no' se pol andar da par tüto . . . come
femo? »

« False! Femo de le tigri false! » digo mi.

« Come el saria: false? »

« Semplice, gh'emo chì el modelo. Se fa dei craponi, dei craponi de carta-pesta, tüto un pastrucamento de cola e de carta. Se fa la maschera. Se fa i barbögi, i ögi uguale preciso come quei de la tigre e dol tigroto, pöe, dentro, se fa tüta snudà la mascela, vün va dentro cussì, co la testa, e fa: QUAC . . . QUAC . . . QUAC . . . movendo i brasci. Pöe, un altro, el se taca de drio al primo, poe 'n'altro ancora de drio ghe fà la coa, chì così. Per finire, 'na bela coverta de soravia gialda. Tüta gialda co' dei sverzoli negri. Anca per covrire bene i pie, che' sei pie per 'na tigre sola son un pò tropi. Poe ghe se fa el rugito. Chì bisogna imparare a fare el rugito. Qui, tüti da questa parte queli che deve fare le finte, qui tüti a far scuola, e i maestri li fan le tigri. Avanti, sü, tigre, fa sentir come se fà a far el rugito. »

« OOAAHHAAA. » Ecco, 'des ti, ripete. (*Si rivolge ad un allievo*).

« OOAAHAA! »

« Da capo. »

« EOAHHAA. »

« Più forte! Sentì ol tigroto. »

« EEOOHHAAHHAA. »

« Da capo. »

« EEEHHOOOHHAAAA. »

« Da capo. Più forte! »

« EEOOHHAAAAAAAAAA. »

« In coro! » (*Inizia a dirigere alla maniera di un grande maestro d'orchestra*).

« OOOOOHHHHAAAAAAAAAAAAAAAAA. »

Un bacan tüto el ziorno in quel paese, un vegeto che ol passava de lì drio al müro, un foresto (*Indica uno che si blocca come una statua*) l'emo trovato secco!

Ma quando son tornà ancora quelí, i suldà de Ciancaiscech:
« Le tigri!!! »

« OOOHHHAAAAHHHAAAA. »

E son scapati tüti fino al mare. E alora l'è arivato un dirigente politico dei partito, che ci ha fatto l'applauso e ha detto:
« Bravi, bravi! Questa invenzion de la tigre l'è straordinaria. Il popolo ha un inventiva e un immaginazione, una fantasia che nessuno g'ha! Bravi! Bravi! Adesso le tigri però, non si possono più tenere con voi, bisogna mandarle nella foresta come erano prima. »

« Ma perché? Stemo così bene con le nostre tigri, semo compagni, stan bene, ci protegge, non c'è bisogno . . . »

« Non possiamo, le tigri sono gente anarcoide, mancano di dialettica, non ci possiamo dare un ruolo alla tigre nel partito, e se non può star nel partito, non può star neanche nella base. Dialettica non g'ha. Ubbidite al partito. Mettete le tigri nella foresta. »

E noi g'avemo dito:
« Sì, mettiamole nella foresta. »

E invece nò, nel pulée, nel pollaio, l'aveme metüde: via le galline, dentro le tigri! Le tigri sul trespolo, così. (*Mima le tigri che vanno in altalena*). Quando passava el burocrate dirigente, nu g'avevimo fato tüta la lezione a le tigri, le tigri faseva:
« HIIIHHIIIRIHHIIII. » (*Imita il canto del gallo*).

El burocrate-politico guardava un pò, e poe:
« Gallo tigrato! » e andava via.

E meno male che le avem tegnude le tigri, che de li a poco son arivati i giapponesi! Piccoli, tanti, cativi, i gambi scarcignà, col cül per tera, con i sciaboloni, con i gran fusili longhi. Con le bandiere bianche con dentro una bala rossa, sul fusil, un'altra bandiera, su l'elmo, un altra infilada dentro el cül con la bala rossa coi raggi del sole nascente!

« Le tigri!!! »

« AAAHHHAAAAAAHHH!!! »

Via dal fusil la bandiera, via dal capelo la bandiera! Restava soltanto quela infilada in tel cül. FIUNH . . . ZIUM . . . andavan via, i scapavan che parevan libelule!

È arrivato el dirigente nuovo el g'ha dit:

« Bravi, avete fatto bene a disobbedire quell'altra volta a quell'altro dirigente che dopo tutto era anche un revisionista, contro-rivoluzionario. Avete fatto bene! Bisogna sempre tenere le tigri presenti quando c'è il nemico. Ma da questo momento non ce n'è più bisogno. Il nemico è scappato . . . portate subito le tigri nella foresta!

« Come, ancora? »

« Ubbidire al partito! »

« Per via de la dialettica? »

« Certo! »

« Va ben, basta! » Sempre nel pollaio l'avem tegnude. E meno male, ché sono arrivati de novo quelli di Ciancaiscech armati dagli americani, che i g'avean i canoni, i cariarmati. I venivan avanti in tanti, tantissimi.

« Le tigri!!! »

« OOEEHHAAHHAAAAAAAA!!! »

Via che i scapava come el vento! Li abbiamo sbatuti de là del mare. No' gh'era più nessun, nessun nemico. E alora son venuti tüti i dirigenti. Tüti i dirigenti con le bandiere in man . . . che i sventolava . . . e ci plaudiva! Queli del partito e queli de l'esercito, queli intermedi superiori di collegamento, intermedi superiore del superiore intermedio centrale. Tüti a aplaudire e a criare:

« Bravi! Bravi, Bravi! Avete fatto bene a disobbedire: la tigre deve sempre rimanere col popolo, perché parte del popolo, invenzione del popolo. La tigre sarà sempre del popolo . . . in un museo . . . No, in uno zoo, sempre lì! »

« Ma come, nello zoo? »

« Ubbidite! Eh non ce n'è più bisogno adesso. Non c'è più bisogno de la tigre, non abbiamo più nemici. C'è soltanto il popolo, il partito e l'esercito. Il partito, l'esercito e il popolo sono la stessa cosa. C'è naturalmente la direzione, perché se non c'è la direzione, non c'è neanche la testa e se non c'è la testa non c'è neanche quella dimensione di una dialettica espressiva che determina una conduzione che naturalmente parte dal vertice ma si sviluppa poi nella base che raccoglie e dibatte quelle che sono le indicazioni proposte da un vertice non come sperequazioni di potere ma come una sorta di equazioni determinate e invariate perché siano applicate in un coordinamento fattivo orizzontale ma anche verticale di quelle azioni inserite nelle posizioni della tesi che si sviluppano poi dal basso per ritornare verso l'alto ma dall'alto verso il basso in un rapporto di democrazia positiva e reciproca . . . »

« LE TIGRIIIIIIIIIII! » (*Mima un aggressione violenta verso i dirigenti*).

« EEEAAAAAAAAAAHHHHHHHHHHHAAAAAAAAA-AAAAAA!!! »